KB016863

마음은 어디로 사라진 걸까

KOKORO WA DOKO E KIETA?

by TOWHATA Kaito

Copyright © 2021 TOWHATA Kaito

All rights reserved.
Original Japanese edition published by Bungeishunju Ltd., Japan 2021.
Korean translation rights in Korea reserved by Daewon C.I. Inc., under the license
granted by TOWHATA Kaito, Japan arranged with Bungeishunju Ltd.,
Japan through Shinwon Agency Co., Korea.

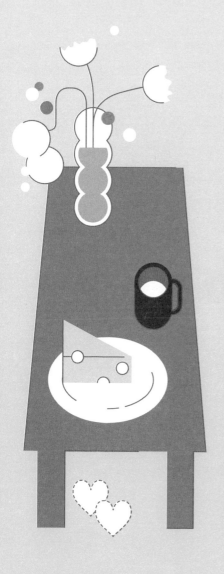

마음은
어디로
사라진 걸까

큰 이야기 속에
격리돼 있던

작은 마음들에 관한
이야기

도하타 가이토
지음

윤지나
옮김

니들북

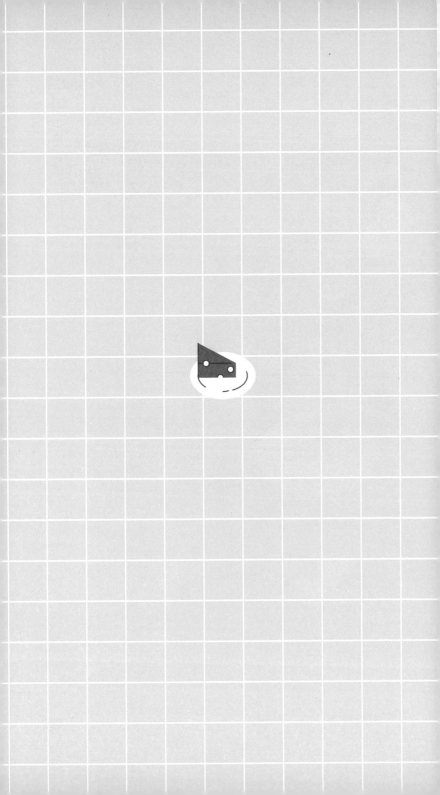

마음은 어디로 사라진 걸까?

I

무대 뒤에서는

1년간 이어 온 주간 연재를 끝내고 여유롭게 한숨 돌리고 있다. 무대에서 내려와 대기실로 돌아왔을 때처럼 평온하다. 물론 나는 관객 앞에 서는 직업은 아니다. 글을 쓰기 전에 화장을 하거나 의상을 갈아입지도 않는다. 아침에는 집 서재에서, 저녁에는 가까운 카페 르누아르에서 홀로 한 자 한 자 열심히 노트북 키보드를 두드리는 게 다다(지금도 르누아르에서 이 글을 쓰고 있다).

그럼에도 매주 마감에 쫓기는 하루하루는 마치 서커스를 하는 기분이었다. 주간지는 바쁜 독자들이 짬이 날 때 가벼운 마음으로 펼쳐 보는 잡지다. 그렇기에 거기 실리는 에세이는 재미있어야 하고, 이왕이면 조금 괜찮은 이야기였으면 싶고, 살짝 놀라움도 있으면 좋겠다고 생각했다.

성공 여부와는 별개로 서커스처럼 다이내믹한 연재를 하고 싶었다. 그래서 나는 '마이 도하타'라는 서브 캐릭터를 만들어 매주 무대에 올렸다. 그렇게 1년을 보냈고 드디어 공연은 막을 내렸다. 마이 씨의 역할은 끝났다. 화장을 지우고 무대 의상을 벗고 본연의 모습으로 돌아왔다.

이제부터 무대 뒷이야기를 해 보려 한다. 그간의 연재를 한 권의 책으로 묶기 위해서는 뼈대가 필요하다. 단편 에세이들을 부드럽게 하나로 묶어 줄 콘셉트가 있어야 하는 것이다.

그런 의미에서 에세이 연재라는 무대 뒤에서 내가 무슨 생각을 했는지 먼저 밝혀 두고 싶다. 우여곡절이 있었기 때문에 이야기가 조금 길어질지도 모른다. 가능한 한 평이하게 쓸 생각이지만, 이것저것 따지고 들기도 할 것이고, 때론 역사적 배경에 대해서도 언급할 것이다. 글 속에는 무대 뒤 임상심리학자로서의 나름 진지한 의도도 있었기 때문이니 이 점은 널리 양해해 주기 바란다.

잠시 쉬어 가기 위해 이 책을 선택한 독자들 중에는 딱딱한 이야기는 사양하고 싶은 사람도 있을 것이다. 그런 분이라면 긴 프롤로그는 건너뛰는 게 좋겠다. 그래도 상관없다. 페이지를 넘겨 서커스 같은 에세이부터 읽으면 된다. 에세이를 충분히 즐길 수만 있다면 에세이 뒤에 어떤 사정이 있었는지 몰라도 상관없다.

그러나 혹시 끝까지 다 읽고 난 다음에라도 다시 돌아와 무대의 뒷이야기를 함께해 준다면 나로서는 이보다 더 기쁜 일은 없을 것이다. 사람은 누군가 자신의 속사정까지 이해해 줬을 때 진심으로 자신의 마음을 알아줬다고 느끼는 법이니까.

그럼 무대 뒷이야기를 본격적으로 기분 좋게 시작해 보자. 이 책의 주제는 '무대 뒤'에 있다.

II

이건 코로나19에 관한 책이 아니다

이 책은 2020년 5월부터 2021년 4월에 걸쳐 주간지 〈주간 문춘週刊 文春〉(연예가 스캔들 특종으로 유명한 주간지—옮긴이)에 '마음은 괴로워'라는 타이틀로 연재했던 에세이를 엮은 것이다. 이 시기는 모두가 잘 알다시피 코로나19로 인해 온 세상이 대혼란에 빠져 있던 때였다. 심각한 피해를 입은 사람도 있고, 경미한 피해에 그친 사람도 있겠지만, 한 가지 분명한 건 정도의 차이는 있을지언정 코로나19와 완전히 무관한 사람은 단 한 명도 없다는 사실이다. 코로나19는 그만큼 '모두'의 문제였다.

이 연재도 예외는 아니었다. 처음 의뢰받았을 때는 〈주간 문춘〉에 실리는 글인 만큼 연예가 소식을 소재로 한 통쾌한 심리 에세이를 써 볼 생각이었다. 그러나 코로나19로 사회가 급변하면서 이 콘셉트가 영 내키지 않았다.

'모두가 위험 속에 무방비로 노출돼 있는 만큼 사람들 마음에 무슨 일이 일어나고 있는지를 써야 한다.' 심리학자로서 나는 그렇게 생각했다. 과거 흑사병이 유행했을 때 뉴턴은 시골로 내려가 만유인력의 법칙을 발견했다. 그는 이 기간을 '창조적 휴가'라고 불렀다고 한다. 하지만 심리학자는 그렇게 느긋하게 휴가나 즐기고 있을 수는 없다. 나는 임상 전문가이니 그 누구도 예측하지 못했던 소용돌이 속에서, 이 소용돌이의 정체에 대해 생각하는 것이 지금 내가 해야 할 일이라고 생각했다.

그래서 원래는 5월 황금연휴가 끝나고 시작하려던 원고를 부랴부랴 4월 초로 앞당겨서 쓰기 시작했다. 무언가에 홀린 듯 코로나19에 대해 써 내려갔다. 이례적으로 이 연재는 일정보다 앞당겨 시작됐다.

다시 밝혀 두지만 이건 코로나19에 관한 책이 아니다. 이 책의 제목은 '코로나19 사태 속 인간의 마음'도 아니고 '코로나19 심리학'도 아니다. 그렇게 될 가능성도 다분히 있었지만 결국은 그리 되지 않았다. 코로나19에 대해 계속 쓰다 보니 문제의 본질은 다른 데 있다는 것을 깨달았기 때문이다.

치즈는 찾았다

코로나19로 인해 사람들은 서로 만나거나 함께 있을 수 없게 됐다. 사람들 사이는 점점 소원해졌고 각자의 자리에 발이 묶였다. 그러자 사람들은 서로의 끈을 놓지 않기 위해 온라인에 매달리기 시작했다.

나는 '코로나19 사태로 우리 마음은 어떻게 됐을까? 마음은 무엇을 잃고, 또 무엇을 잃지 않았을까?'라는 질문에 대해 쓰기 시작했다. 그런데 소재가 금세 바닥났다. 5회차 원고를 썼을 때부터 어렴풋이 감이 왔고, 10회차 원고를 썼을 때는 완전히 자각하고 있었다. 더 이상 쓸 게 없다……. 계절은 고작 여름으로 막 접어들 무렵이었다.

물론 그럼에도 불구하고 마감은 어김없이 돌아왔고 나는 뭐든 써야 했다. 그때부터는 코로나19고 뭐고 가릴 처지가 아니었다. 마음과 관련된 것이라면 뭐든 매주 쥐어짜 내야 했다. '마음은 괴로워'라는 이 연재의 제목이 바로 내 마음 그 자체였다.

심리학에는 정말 많은 논문과 책이 있고 그만큼 이론과 지식이 넘쳐 난다. 그런데 그 어떤 주제도 도저히 현대인들의 공감을 얻고 있는 것 같지 않다. 이 시대에 맞는 절실한 마음 이야기는 뭘까? 감이 잡히지 않았다.

힌트라도 찾을 요량으로 신문도 읽고, TV도 보고, SNS도

기웃거렸다. 하지만 거기엔 정치나 경제 등 어마어마하게 큰 이야기만 있을 뿐, 마음을 표현하기 위한 작은 에세이에서 다룰 만한 건 없었다.

이상하다. 마음이 보이지 않는다. 마음은 어디로 사라진 걸까? 마음을 찾는 날이 계속됐다. 치즈는 냉장고 아래 칸에서 찾았다. 그런데 마음은 냉동고에도 소파 밑에도 옷장 안에도 없었다. 클라우드 저장 공간의 구석까지 샅샅이 찾았지만 그런 곳에도 마음은 없었다. 아무리 찾아도 없다.

힘들게 꾸역꾸역 연재를 이어갔지만 얼마 지나지 않아 또 한계에 부딪혔다. 그러다 결국 나는 생각을 고쳐먹었다. '이렇게 찾았는데도 없는 걸 보면 원래부터 존재하지 않았던 것이 분명하다. 내 탓이 아니다. 그렇다. 이제 마음은 없다.' 이런 생각에 다다르자 나는 오히려 당당해졌다. 마음을 잃어 길을 헤매던 사고가 조금씩이나마 앞으로 나아가기 시작했다.

'코로나19 사태 속 인간의 마음'에 대해 쓸 때가 아니었다. 마음이 존재하지 않는데 그런 게 다 무슨 소용이란 말인가?

그렇다면 마음은 대체 어디로 사라진 걸까? 내가 써야 할 주제는 바로 이것이었다. 이걸 깨달은 건 연재가 후반으로 접어든 때였다. 계절은 가을을 뒤로하고 겨울로 갈아타려는 순간이었다.

너무 큰 이야기

"잠깐만! 마음이 사라졌다니 무슨 뚱딴지같은 소리야?"

이렇게 묻는 사람들도 있을 것이다. 당연한 반응이다. 당신은 어젯밤에 불안했을지도 모르고 오늘 아침에는 비교적 기분이 좋았을지도 모른다. 지금은 이 책을 읽으며 잠시 생각에 잠길 수도 있을 것이다. 이는 모두 마음이 하는 일이다. 그런 의미에서 마음은 분명 존재한다. 사라지지 않은 것이다.

하지만 나는 굳이 "마음은 사라졌다."라고 말하고 싶다. 왜일까? 우리는 팬데믹Pandemic 속에서 지난 1년을 보냈다. 그리스어인 Pandemic의 Pan은 '모두', Demos는 '사람들'을 뜻한다. 문자 그대로 해석하면 결국 '우리 모두'라는 뜻이다. 그것도 엄밀한 의미의 우리 '모두'다. 즉, 세상 모든 사람들과 관련돼 있다는 의미다.

그렇다면 팬데믹은 '너무 큰 이야기'다. 2020년은 우리 모두가 너무 큰 이야기에 휘말려 있었다. 전 세계가 같은 바이러스 때문에 같은 공포를 느끼고 같은 위협에 맞서야 했다. 어느 누구 하나 예외 없이 이 이야기에서 자유로울 수 없었다.

매일 발표되는 확진자 수가 좋은 예다. 숫자가 커지면 악이고 줄면 선이라는, 만화 〈호빵맨〉보다도 더 심플한 이야기고, 심플하다 보니 더 강력해진 측면도 있다. 옛날 사람들이

거북이를 구워 등딱지에 드러나는 곡선으로 신의 뜻을 파악해 커뮤니케이션의 방향을 정했던 것과 같은 이치다. 우리는 확진자 수를 나타내는 그래프의 곡선에 따라 사회가 나아갈 방향을 정했다. 폭풍이 휘몰아쳤다. 숫자가 바뀌어 그래프의 각도가 변할 때마다 사회는 방향을 바꾸고 모두가 한 방향을 향해 같은 행동을 해야 했다.

우리는 일제히 행동에 제약을 받았고 일본 정부는 모든 국민에게 지원금을 일괄 지급했다. 모든 학교는 휴교에 들어갔고 모든 음식점은 저녁 여덟 시면 문을 닫아야 했다. 모두 한결같이 마스크를 쓰고 많은 사람들이 화장실 휴지를 사재기하기 위해 슈퍼로 달려갔다. 백신을 맞기 위해 한꺼번에 많은 사람들이 몰렸다.

너무 큰 이야기는 우리를 '모두'라는 말로 옭아매 버린다. 이런 상황에서 개인은 국민의 한 사람에 지나지 않아, 마음을 하나로 모아 줄 것만을 강요받는다. 사회를 지키기 위해서는 어쩔 수 없는 일이었고, 생명을 지키기 위해서는 필요한 일이었다는 건 잘 안다. 너무 큰 이야기에는 입을 다물게 하는 설득력이 있다.

하지만 그러는 사이 작은 이야기들은 묵살됐던 것 또한 사실이다. 그래프에 나타나는 수치를 하나하나 분석해 가다 보면 거기에는 작은 이야기들이 있고 그것이야말로 우리 인생의 소중한 순간이었을 텐데 말이다.

동료 두 사람과 술을 마시다 세 명 모두 감염됐다면, 그 래프에는 '3'이라는 숫자로밖에는 표시되지 않는다. 하지만 이런 데에 실로 작은 이야기들이 있다. 그 세 사람에게는 위험을 무릅쓰고라도 마시러 갈 수밖에 없었던 복잡한 사정이 있었을 수 있고, 감염으로 인해 가정과 직장에서 복잡다단한 일들이 생겼을 수도 있다. 거기에 우리의 마음과 관련된 이야기가 있다.

이야기가 너무 커지면 이런 소소한 이야기는 상상조차 하지 않게 된다. 정론에는 이상하리만큼 강력한 힘이 있어서 예외나 개개인의 사정처럼 큰 소리를 낼 수 없는 이야기들은 묻혀 버리기 십상이다. 모두의 마음을 하나로 모으려다 보면 한 사람 한 사람의 마음은 흔적도 없이 지워지고 만다.

마음이 보이는 순간

마음이란 무엇일까? 연재를 이어 가는 사이 나는 점점 이런 근본적인 문제에 대해 고민하게 됐다. 그러다 내가 지금까지 '마음이란 무엇인가?'에 대해 제대로 생각해 본 적이 없다는 사실을 깨달았다. 평소 심리학자로서 마음을 다루는 일을 하고 대학에서 마음에 대한 강의를 하고 있는데도 말이다.

나는 모르는 게 있으면 먼저 사전을 찾아 정의부터 확인한다. 예전에 그렇게 배웠고 학생들에게도 그리 가르치고 있다. 나는 곧장 도서관으로 가서 심리학 용어사전을 찾아봤다. 그리고 놀라운 사실을 알게 됐다. 심리학 사전에는 애초에 '마음'이라는 표제어가 존재하지 않는다는 것이었다. 도서관에 있는 사전이란 사전은 죄다 찾아봤지만, 그 어디에도 '마음'이라는 표제어는 없었다. 이상하다. 마음은 어디로 사라진 걸까?

정말 이상한 일이다. 예를 들어, 종교학 사전에는 '종교'에 대한 정의가 있고, 문화인류학 사전에는 '문화'에 대한 정의가 있다. 이는 당연한 일이다. 학문은 기본적으로 대상에 대해 정의부터 내리고 출발한다. 그런데 심리학 사전에는 '마음'에 대한 정의가 없다. 마음에 대해 제대로 생각해 본 적 없는 심리학자가 나만은 아니었나 보다.

그런데 서고 한쪽 구석에 꽂혀 있던 낡은 소사전에만 '마음'에 대한 정의가 있었다. 그 사전에는 마음이 다음과 같이 아주 간결하게 정의돼 있었다.

'몸, 물질의 반대.'

순간 피식 하고 웃음이 새어 나왔다. 이 정도면 있으나 마나 한 것 아닌가? 아니지? 문득 우습게 볼 게 아니라는 생각이 들었다. 몸, 물질의 반대. 즉, 마음은 몸도 아니고 물질도 아니라는 뜻이다. 마음을 부정형으로 정의한 것인데, 매우 심원한 통찰이라 하지 않을 수 없다. 이 책에서는 이 부분에서만 유독 논리를 따지니 조금 딱딱하게 느껴지더라도 끝까지 함께해 주길 바란다.

예를 들어, 머리가 심하게 아프다고 가정해 보자. 그럼 우리는 병원에 가서 뇌 사진을 찍고 피 검사도 할 것이다. 검사 결과 '몸에는 이상이 없다'는 진단을 받으면 그때서야 비로소 심한 두통의 원인이 혹시 마음에 있지 않을까 생각한다.

상담을 받을 때도 마찬가지다. 마음이 힘들 때 상담은 첫 번째 선택지가 아니다. 대부분의 사람들이 처음에는 문제를 스스로 어떻게든 해결해 보려고 한다. 몸이 안 좋아서 그런가 싶으면 휴가를 내거나 생활 습관을 바꿔 본다. 환경 탓이라고 생각될 때는 이사를 하거나 이직을 하는 경우도 있다. 액운 때문이라고 믿는 사람은 액막이를 하러 가기도 한다. 이것저것 다 해 봐도 좋아지지 않으면 그때서야 '마음의 문제'일 가능성에 눈을 돌리게 된다. 그 상황까지 가야 비로소 마지못해 상담 예약을 한다.

그렇다. 마음은 부정이 끝난 뒤에야 모습을 드러낸다. 몸 때문도 아니고 물질 때문도 아니다, 돈이 없어서도 아니고 조직이 나빠서도 아니다, 사회 탓만도 아니고 환경 탓으로만 돌릴 수도 없다…… 이 상황까지 와야 마음이 문제라고 인정하게 된다. 그것도 마지못해서.

혹은 타인과 다른 자신만의 고독에도 마음이 머문다. '다른 사람들의 말을 받아들이기 어렵다.' '부모님, 동료, 연인도 내 마음을 몰라준다.' '극히 개인적인 것이라 다른 사람은 알 수 없는 나만의 사정이 있다.' 등 고독에 마음이 머문다.

마음은 극히 개인적이고 내면적이며 사적인 영역이다. 이는 모든 것을 부정하고 난 다음에야 비로소 남는다. 그래서 마음은 여행의 시작이 아니라 끝에서 만날 수 있다.

작은 이야기야말로 마음이 머무는 곳이다. 사물을 심플하게 결론지으려는 커다란 이야기를 부정해야 비로소 마음이 모습을 드러낸다. 그렇지 않은가?

우리는 복잡한 이야기를 복잡한 상태 그대로 귀 기울였을 때 그 사람의 마음을 느낀다. 혹은 복잡한 사정을 있는 그대로 누군가가 이해해 줬을 때 상대방이 자신의 마음을 온전히 이해해 줬다고 느낀다. 표면적으로만이 아니라 속사정까지 이해해 줬을 때 내 마음을 알아줬다고 생각하게 된다.

너무 큰 이야기 속에 살다 보니

코로나19와 함께한 처음 1년간 지나치게 큰 이야기들이 작은 이야기들을 삼켜 버렸다. 그래서 마음을 찾을 수 없었던 것이다. 연재가 막바지에 접어들 때쯤 문제의 구도가 보이기 시작했다.

'코로나19가 종식돼도 여전히 마음은 사라지고 없을 거야. 코로나19 전에도 없었으니까.'

문득 이런 생각이 들었다. 코로나19는 두말할 필요도 없이 역대급으로 큰 이야기들을 몰고 왔다. 이는 상상을 초월한다. 그렇다고 오로지 코로나19 사태 하나 때문에 마음이 모두 사라져 버린 건 결코 아니다. 코로나19가 마지막에 등을 떠밀었을지는 몰라도 이게 원인의 전부는 아니라는 것이다. 코로나19가 아니더라도 언젠가는 백일하에 드러날 일이었다.

기억을 더듬어 보자. 코로나19 이전부터 우리는 너무 큰 이야기 속에서 살아왔다. 바람은 서서히 강해졌고 그 사이 우리는 바람을 막을 도구를 잃었다. 최근 20년간 작은 이야기들은 점점 뒷전이 됐고, 그사이 마음은 조금씩 침식돼 갔다. 그래서 이것이 코로나19에 관한 책이 아니라는 것이다. 흑막은 코로나19 뒤에 숨어 있다. 진짜 문제는 최근 20년간 우리 사회에 일어난 지각변동이다. 시야를 넓혀야 한다. 마음은 어디로 사라진 걸까?

Ⅳ

버스는 떠났다

이야기를 시작하려면 사실 1995년으로 거슬러 올라가야 한다. 마음의 시대가 끝나 가기 시작한 게 그해였기 때문이다. 이 이야기를 하면 지진과 종교 등에 대해서도 짚어 봐야 하는데 그럼 책 한 권 분량이 더 늘어나니 여기서는 생략하고, 1999년부터 시작하려 한다. 이 무렵은 내가 임상심리학으로 진로를 정한 해다. 일단 그때까지는 '마음의 시대'였다고 해 두자. 실은 그렇게 단순한 문제는 아니지만 복잡해지니 어쩔 수 없다.

일찍이, 정확히는 1999년 이전에는 마음이 반짝반짝 빛났다. 임상심리학자 가와이 하야오는 "물질은 풍요로워졌지만 마음은 어떠한가?"라는 질문을 던지며, 마음에는 이면과 심층이 있다는 점을 매력적으로 역설했다. 이 말에 많은 사람들이 공감했다.

'나의 본모습은 뭘까?' '살아가는 의미는 무엇일까?' '난 누굴까?'라는 질문은 매력적이었고, 사람들은 바깥세상과는 또 다른 가치를 내면에서 찾으려 했다. 실제로 당시에는 '나를 찾아 떠나는 여행'이 멋있어 보였고, TV에서 심리 테스트를 하는 프로그램이 방영되기도 했다.

특히 임상심리학이 큰 인기를 누렸다. 마음의 심층을 다

룬 책은 일반 서적 코너에서도 잘 팔렸고, 사건이 터지면 미디어에서는 임상심리학자를 불러 '마음의 그늘'에 대한 의견을 물었다. 대학교 심리학과의 경쟁률은 높아졌고, '임상심리사'라는 자격증도 생겼다. 마음과 관련된 일이 조금씩 확산된 시기였다.

내가 임상심리학을 전공하고자 결심했을 무렵에는 마음의 시대가 막을 내리려 하고 있었지만, 그래도 마음이 반짝이던 시대의 여운은 남아 있었다. 그래서 더더욱 나는 임상심리학을 선택했고, 가족들도 나의 진로를 반대하지 않았다. 삼촌 중 한 명은 "대단하다. 앞으로는 마음의 시대라서 돈 잘 벌 거야." 하고 기뻐했다. 그만큼 낙관적이었던 것이다.

그런데 실은 버스가 떠난 후였다. 내가 대학에 들어간 건 2001년이고, 대학원에 진학한 게 2005년이다. 임상심리사 자격증을 딴 것이 2008년이고, 박사학위를 받고 대학원을 졸업한 것이 2010년이다. 이후 나는 병원이나 상담실에서 마음과 관련된 일을 해 왔다.

지난 20년간 나는 마음이 서서히 역풍을 맞고 있다고 느껴 왔다. 예전에는 반짝이던 마음이 지금은 거의 사람들의 관심 밖으로 밀려났다. 실제로 심리학 관련 서적은 일반 서적 코너에서는 자취를 감춰 전문 서적 코너에서만 찾아볼 수 있다. 사건이 터지면 이제는 '마음의 그늘'이 아니라 '사회의 일그러진 일면'에 초점이 맞춰진다. 심리학과의 인기도 떨어져 정원 미달인 대학원도 많아졌다. 지금은 "진정한 나를 찾았다."라고 하면 "그게 밥 먹여 주냐?"며 노골적으로 핀잔을 듣기 일쑤다.

그리고 무엇보다 안타까운 건 카운슬링이 쇠퇴의 길로 접어들었다는 점이다. 마음의 깊은 곳을 탐색하는 심리요법이 한때는 칭송받던 시절도 있었지만, 지금은 많은 비판에 노출돼 있다.

밀실에서 단둘이 비밀 이야기를 하는 건 위험하지 않은가, 시간이 너무 오래 걸린다, 가성비가 좋지 않다 등 다양한 비판들이 있고 거기에는 분명 일리가 있었다. 그런 비판 속에서 그룹으로 함께 고통을 공유하는 방식이나 목표를 분명히 정하고 단기간에 효과를 내는 방식이 힘을 얻게 됐다. 마음의 심층이 주는 매력은 크게 퇴색돼 버렸다.

그뿐 아니다. 마음을 케어하기 위해 내면이 아닌 주변 환경을 정비하는 것의 중요성이 강조되기 시작했다. 사람들은 모든 문제의 근원은 마음이 아니라 환경이라면서, 주거지를 제공하거나 생활비를 지급하고 노동 환경을 바꾸면 해결될 거라 말하기 시작했다. 정신건강의 최전선이 경제적인 문제나 사회적인 문제로 옮아간 것이다.

오, 가엾어라. 반짝반짝 빛났던 마음은 어디 가고 이제는 애물단지가 되어 버렸구나.

"진정한 나를 찾는 것이 밥 먹여 주냐?"는 말이 상징하

듯, 마음에 매달리는 것은 미숙하다는 증거이자 현실을 무시한 위험한 것으로 비치게 됐다. 어쩌다 이리 됐을까? 대체 그 사이에 무슨 일이 벌어진 걸까?

풍요가 사라진 자리에

여러 이유가 있겠지만 아마 다양한 요소들이 서로 얽힌, 복잡한 일들이 벌어졌을 것이다. 그래도 심플하게 정리하자면 나는 일본 사회가 가난해졌기 때문이라고 생각한다. 그렇다. '물질은 풍요로워졌지만 마음은 어떠한가?'라는 질문에는 깊은 통찰이 있었던 것이다.

마음의 시대에 일본은 풍요로웠다. 'Japan is number one.'이라는 말을 들을 정도로 일본 경제는 크게 성장하며 세계 제2위의 경제 대국 자리까지 치고 올라갔던 시대였다.

당시 일본은 모든 국민이 중산층이라는 '1억 총중류總中流'라는 말이 회자될 정도로 빈부 격차도 작았다. 물론 실제로는 다양한 격차와 차별이 있었지만 그래도 그런 환상을 가질 수 있을 정도로 사회가 안정돼 있었다는 의미일 것이다.

그랬기 때문에 마음 놓고 물질을 부정할 수 있었던 것이다. 부정해도 절대 무너지지 않을 정도로 사회는 풍요로웠으니까. 그런 시대였기 때문에 사람들은 안심하고 내면에 관심을 가질 수 있었다.

　　마음은 물질의 반대 개념이다. 단, 이 개념이 성립하려면 물질이 탄탄하게 받쳐 줘야 한다. 하지만 지금은 이 전제가 깨져 버렸다.

　　물론 지금도 상점에 가면 물질은 빼곡히 진열돼 있다. 물건 자체는 넘쳐 난다. 그럼에도 사회가 풍요로워졌다고 생각되지 않는 이유는 뭘까? 끝나지 않는 불황 속에서 경제는 정체 상태에 빠져 있다. 글로벌 경제에 휘말리면서 격차는 점점 더 벌어지고, 고용은 불안정해졌다. 더 자세히 적지 않아도 다들 잘 알고 있을 것이다. 최근 20년간 우리 사회는 가난해졌고 지독하게 불안정해지고 말았다.

　　지금 풍요로워진 건 물질이 아닌, 리스크다. 우리는 곳곳에 리스크가 도사리는 세상에서 자기 책임 하에 살아가야 한다. '리스크가 커졌지만 마음은 어떠한가?' 이것이 바로 현실이다. 이제 '물질'은 불확실해졌고 사회는 가난해졌다. 바깥세상은 너무 위험한 곳이 됐다.

　　그러자 마음이 소멸돼 갔다. 마음은 폭력에 노출되거나 위험에 에워싸이면 얼어붙는다. 또한 바깥세상을 경계하고 계속 모니터링하느라 내면에 대해서는 생각할 여력이 없다.

　　마음은 '내 안에 있는 열쇠로 잠긴 방' 같은 것이다. 주위로부터 위협 받지 않고 그곳에서 안심하고 혼자 있을 수 있을 때, 우리는 비로소 자신을 돌아볼 수 있고 내면을 느낄 수 있다. 마음이란 바깥세상이 안전할 때만 온전히 모습을 드러낸다. 사회는 가난해졌고 리스크는 커졌다. 안전한 '나만의 방'은 위험에 노출돼 있다. 그래서 마음을 내면이 아니라 환경측면에서 지원해야 한다는 발상이 나오는 것이다. 마음의 문제는 이제 경제적이고 사회적인 문제가 되어 버렸다.

학교 폭력이 발생하면 피해 학생의 마음을 살피기 전에, 일단 학교 폭력 자체를 막아야 한다. 환경을 그대로 방치하고 마음만 어찌해 보려 하면 그것은 학교 폭력에 가담하는 새로운 폭력이 되고 만다.

마음의 방을 안전하게 유지하려면 먼저 바깥세상을 안전한 곳으로 만들어야 한다. 마음의 내면이 아니라 바깥을 케어해야 하는 것이다. 이것이 리스크가 넘쳐 나는 세상에서 가장 중요한 과제가 됐다.

개인의 시대

이야기를 너무 압축했는지 모르겠다. 물론 풍요로움을 잃은 것에서만 마음이 사라진 이유를 찾는 데는 무리가 있다. 최근 20년간 다양한 변화가 있었고 그 변화들은 복잡하게 얽혀 왔기 때문이다.

개인이 취약해졌다는 게 문제의 본질일 것이다. 지금 우리 개개인은 위협 받고 있어 마음의 방을 유지하기 어려워졌다. 어쩌면 의외라고 생각할지도 모르겠다. 최근 20년간 '개인의 시대'라는 말을 수없이 들어 왔기 때문이다. 물론 그런 측면도 있었다. 경제적으로는 개인 자격으로 돈을 벌 수 있는 기회가 늘어난 게 사실이다. 하지만 이는 바꿔 말하면 마켓이라는 너무 큰 이야기에 개인이 그대로 노출되는 세상이 됐다는 이야기다. 개인의 시대란 개인이 리스크를 온전히 감수해야 하는 시대인 것이다.

마음의 시대는 목가적인 부분이 있다. 그 무렵 개인은 리스크에 직접 노출되지 않고 보호를 받았다. 그때는 '호송선단護送船団'이라는 말이 나쁜 의미로 쓰이곤 했는데, 당시 사람들은 큰 배로 이루어진 선단의 보호를 받으며 살았다. 우리는 회사나 학교 조직 등과 같은 커다란 배에 소속돼 거기서 승무원으로서 인생을 항해했다. 큰 배는 바람막이가 돼 주었고, 파도로부터 우리를 보호해 주었다. 개인이 실패해도 모두가 함께 위험을 나눠 가졌다. 물론 그 배에는 자유가 많지 않았다. 큰 배에는 룰이 있고 모두가 함께 항해를 하는 것이니 작은 배에서처럼 자유로울 수는 없었다.

그래서일까? 마음의 시대는 '포스트 모던'이라는 말과 함께(기억할지 모르겠다) '커다란 이야기의 종식'이 자주 거론되는 시대이기도 했다. '과학이 세상을 이롭게 한다'든가 '좋은 대학을 나와 좋은 회사에 들어가면 행복해질 수 있다'는 식의, 세상 사람들이 상식처럼 여겼던 이야기에는 유통기한이 다가오고 있으니 각자가 각자의 작은 이야기들을 가지고 살아야 한다고들 했다.

그 배경에는 절실한 이유가 있었다. 과학은 지구를 오염시키고, 좋은 회사에 들어가 월급을 많이 받는다 한들 만원 전철에 시달리며 밤늦게까지 일하다 보면 그 여파가 가족들에게 고스란히 돌아가는데 과연 행복하다고 할 수 있을까?

큰 배가 낡아 삐거덕거리기 시작했다. 그곳에서 폭력이 있었다는 사실이 드러났고, 실제로 큰 배로 인해 상처 받은 사람들이 대량으로 양산됐다. 그러자 사람들은 작은 배를 동경하기 시작했다. 세상이나 조직의 가치관에서 벗어나 '어떻게 살 것인지'를 스스로 결정해야 했다. 이 무렵의 작은 이야기들은 '뿔뿔이 흩어지는 해산'의 스토리였다. 그래서 마음은 그 시절 그렇게 반짝반짝 빛날 수 있었다.

너무 작은 이야기

그로부터 20년이 지났다. 지금은 작은 배로 항해하는 것이 더 이상 해산을 의미하지는 않는다. 원하든 원치 않든 누구나 작은 배로 살아갈 수밖에 없는 세상이 됐기 때문이다. 더 이상 지켜 줄 큰 배는 존재하지 않고, 우리는 모두 작은 배를 타고 망망대해로 내몰리게 됐다.

자유로워졌을 수는 있다. 우리는 싫으면 어디로든 갈 수 있게 됐다. 하지만 우리가 느끼는 건 자유가 주는 쾌적함이 아니라 취약함과 불안이다. 큰 배의 보호를 받지 못하고 망망 대해의 압도적인 힘에 위협을 받고 있기 때문이다. 너무 큰 이야기에 우리는 무방비 상태로 노출돼 있다.

정리하자면 이렇다. 최근 20년간 큰 배는 해체됐다. 즉, 중간 공동체가 해체된 것이다. 사람들은 개인화돼 작은 배로 항해하게 됐다. 물론 그래서 좋아진 점도 많아 우리는 더 이상 옛날로는 돌아갈 수 없다.

하지만 큰 배 밖에 있던 거대한 힘이 개인을 직접 덮치게 된 것 또한 사실이다. 시장과 자본, 그리고 인류를 동등한 존재로 다루는 생물학 등 로컬 문화를 파괴하고, 글로벌하게 유통되는 힘이 노골적으로 너무 큰 이야기를 들이대고 있다.

우리는 "그래서 밥은 먹고 살겠어?"라는 질문에서 시작해 "가성비가 나쁘지 않아?" 혹은 "근거는 있어?" "확진자 수는 줄었어?"라는 질문을 받아 왔다.

이 질문들이 잘못됐다는 것은 아니다. 밥은 먹고 살아야 하고, 가성비는 좋은 게 좋다. 근거도 있는 것이 좋고, 감염자 수는 적은 게 당연히 좋다.

단, 이런 큰 이야기들에 반해 작은 이야기들은 너무 취약 하다는 게 문제다. 우리에게는 각자 복잡한 사정이 있어 개별적으로 대응해 주지 않으면 다른 방도가 없는 일들이 많은데, 그런 것들이 깡그리 무시되고 있다. 너무 큰 이야기는 수치화하기 어려운 것까지 수치화하기 때문에 복잡한 문제들까지 모두 심플하게 처리된다.

작은 배로 망망대해를 계속 항해해 가는 건 무리다. 큰 배가 아직 존재했던 마음의 시대에는 작은 이야기가 개개인의 인생을 지탱할 수 있을 만큼의 크기로 보였다. 하지만 지금은 너무 무력해졌다. 작은 이야기들이 너무 작아져 버린 것이다.

마음은 어디로 사라진 걸까? 너무 큰 이야기에 휩쓸려서 어디론가 날아가 버렸다. 코로나19 때문이 아니다. 최근 20년간 작은 이야기는 점점 더 작아졌고, 이를 지키기 위한 바람막이는 하나 둘 사라져 갔다.

그래서 코로나19가 종식돼도 개인은 여전히 취약한 상태로 남을 것이다. 앞으로 기후 변화의 속도는 더 빨라질 것이고, 이 밖에도 커다란 재앙이 엄습해 올지도 모른다. 그러는 사이에도 글로벌 자본주의는 우리를 계속 집어삼킬 것이다. 우리를 둘러싼 이야기는 점점 커지고 우리 자신은 점점 더 작아지는 저항할 수 없는 흐름에 휘말리고 있다.

이 책의 발자취

이야기가 너무 커진 감도 있지만 여하튼 1년간 연재를 하면서 나는 이런 고민을 해 왔고 이를 기록해 두고 싶었다. 봄에는 코로나19가 빠르게 확산됐고 그래서 '코로나19 사태 속에서의 마음'에 대해 쓰려 했다.

그런데 이내 소재가 바닥나면서 여름에는 지푸라기라도 잡는 심정으로 마음을 찾아 나섰다.

하지만 어디서도 마음을 찾을 수가 없었고, 결국 체념한 나는 점점 '마음은 어디로 사라진 걸까?' 하는 의문을 갖게 됐다. 그게 가을이다.

겨울이 찾아오면서 알게 된 건 너무 큰 이야기 때문에 마음이 깨끗이 지워졌다는 사실이었다. 그리고 이는 결코 코로나19 때문이 아니라 최근 20년간 일관되게 진행돼 왔음을 깨달았다.

마음은 이제 그렇지 않아도 작았던 이야기가 너무 쪼그라들어서 심하게 쇠약해진 상태다. 이것이 바로 이 연재의 막바지에 접어든 두 번째 봄을 맞았을 때 내가 느낀 위기감이었다.

이 프롤로그는 곧 끝이 난다. 그 다음은 가능한 한 에세이가 쓰인 순서대로 엮었다. 대략 이상과 같은 흐름으로(이야기가 조금 왔다 갔다 하긴 했지만) 연재가 어떻게 진행됐는지,

어렴풋하게나마 보였을 것이다. 이것이 바로 이 책의 우여곡절을 엮은 발자취다.

마음을 찾아 나서며

연재가 끝난 지금의 나는 마음이 끝없이 재발견돼야 한다고 생각하고 있다. 너무 큰 이야기는 마음을 지워 버린다. 이는 저항할 수 없다. 그럼에도 우리는 마음을 다시 한번 찾을 수도 있다. 너무 작은 이야기라도 완전히 사라지는 일은 없기 때문이다. 개인은 존재하고 각자의 복잡한 사정도 존재한다. 나는 이런 것을 다루는 일을 하고 있다.

지난 1년 동안 코로나19가 창궐하는 와중에도 나는 상담을 계속 했다. 도쿄 한 구석에 있는 작은 상가 건물 안 좁은 사무실에서 내담자들과 계속 만나 왔다. 직접 나오기 어려워 온라인으로 만난 내담자도 있었고, 변함없이 대면으로 만난 내담자도 있었다. 어떤 방식으로 만나든 우리는 작은 이야기 속에 담긴 마음에 대해 이야기를 나눴다. 코로나19나 정부, 글로벌 자본과 같은 큰 이야기는 하지 않았지만 그들의 작은 이야기 속에 그것들이 존재하기는 했다.

내담자들은 주로 주변의 작은 대인관계나 극히 개별적이고 복잡한 사정들에 대해 이야기했다. 밖에서는 대놓고 할 수 없는 속마음을 털어놓았다. 세상 누구도 이해해 줄 것 같지 않은 자신만의 고독이 작은 목소리로 흘러나왔다.

마음은 수시로 지워진다. 그걸 다시 찾아도 어느새 또 잃기를 반복한다. 그래도 지치지 말고 계속 마음을 다시 찾아야 한다. 그러기 위해서 우리는 서로 끊임없이 이야기를 나눠야 한다.

심리학자로서 말한다. 그래도 마음은 존재한다. 어디에? 에피소드 안에.

내담자가 말하는 작은 이야기 속 작은 에피소드에 그와 그녀들의 마음이 불쑥불쑥 드러난다. 때로는 어렴풋하게, 때로는 선명하게.

마음이란 뭘까? 이는 사전으로 정의할 수 있는 것이 아니다. 마음은 이론을 따져 말하는 순간 잿빛으로 변해 버린다. 마음은 큰 이야기 속으로 들어가면 질식해 버리기 때문이다.

다시 말하지만 마음은 극히 내면적이며 사적인 영역이다. 따라서 마음은 구체적이고 개인적이며 다채로운 에피소드에 깃들어 있다. 이런 문학적 단편斷片들이야말로 마음이 기거하는 곳이다.

더 이상의 설명은 필요 없다. 지금부터 시작되는 에세이가 구체적으로 증명해 줄 것이기 때문이다. 큰 이야기는 이만하면 됐다. 독자들도 충분히 따분해졌을 것이다. 에피소드가 부족한, 추상적인 문장밖에 쓸 수 없는 임상심리사는 무대 뒤로 물러나야 한다.

　지금 필요한 건 에피소드, 즉 매우 작은 이야기들이다. 생각해 보면 지난 1년간 나는 그 의미를 알지 못한 채 작은 이야기들을 계속 써 내려갔다. 마음이 상실되고 이를 다시 발견하게 되는 에피소드를 말이다.

　이제 이야기의 배턴을 넘긴다. 에피소드의 보따리를 자유자재로 펼쳐 줄 나의 서브 캐릭터가 등장할 때다. 그렇다, 마이 씨가 나설 차례다. 서커스를 시작한다. 싸구려 나팔이 날카롭게 울린다. 오색 풍선이 춤을 춘다. 폭죽이 터지고 연기가 모락모락 피어오른다. 박수와 함께 막이 오른다. 이제 다채로운 에피소드들이 무대 위로 오를 것이다. 기대하시라. 개봉박두!

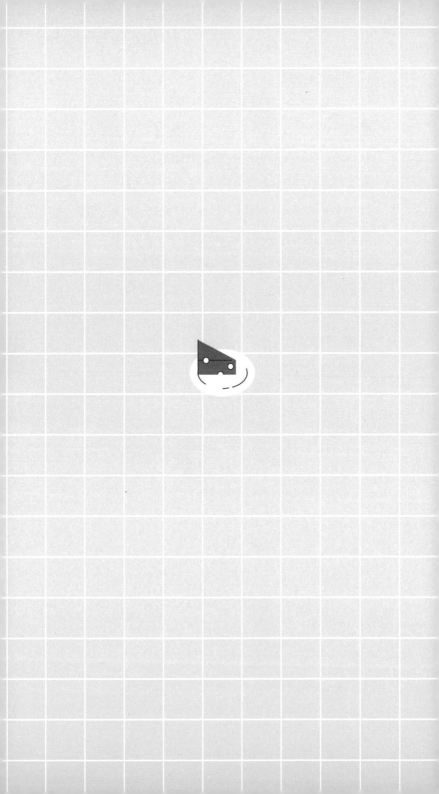

차례

PART 5
다시,
봄

PART 1

봄

연재가 벽에 부딪혔다

✳

에세이를 쓰기 위해 필명을 만들었다. 내 필명은 바로 '마이 도하타'. 필명을 쓰는 게 임상심리학의 전통이라 나도 따르기로 한 것이다. 언뜻 보면 베일에 싸인 외국계 일본인 콘셉트지만 실은 '마이동풍馬耳東風'(남의 말을 귀담아듣지 않는 사람을 가리키는 사자성어)에서 따온 것이다. 즉, 내 필명의 한자는 '馬耳東畑'이다(東畑은 본명 '도하타'의 한자).

"사람들의 이야기에 귀를 기울여야 하는 상담사의 귀가 '말의 귀'라는 거예요. 남의 말을 전혀 듣지 않는다는 거죠. 이 콘셉트, 끝내주지 않아요?"

다른 사람의 말을 전혀 듣지 않는 편집자의 이야기에 귀가 솔깃해졌다.

"그래, 드디어 진정한 나를 찾은 것 같군!"

묘가다니에 있는 술집에서 말고기 육회를 배불리 먹었던 게 2월이었다.

아, 그런데 이 일이 아주 먼 옛날처럼 아득하다. 마치 2G 폰을 쓰던 시절의 일처럼 격세지감이 느껴진다. 이 무렵 나는 유명 인사의 불륜이나 연예인이 소속사를 떠난다는 소식, 왕족의 연애 소식처럼 '핫'하고 세상에 해가 되지 않는 뉴스를 '마이 씨'가 낱낱이 파헤쳐 연재하는 꿈을 꾸고 있었다.

지금까지 상담사 겸 임상심리사라는 너무 딱딱한 인생을 살아온 나는 중년 이후에는 서브 캐릭터로 마음 편히 살아갈 작정이었다. 정반대인 두 개의 캐릭터가 있으면 인생은 풍요로워진다. 심층 심리학자 카를 구스타프 융의 가르침이다.

그로부터 두 달 후, 이런 나의 모든 계획은 산산이 부서졌다. 불륜이나 연예인의 소속사와의 결별 소식, 뉴욕 유학 같은 뉴스는 더 이상 중요하지 않았다. 물론 당사자들에게는 절실한 문제겠지만 '마이 씨'에게는 아무래도 상관없는 뉴스가 됐다는 의미다. 타인의 고통을 안주 삼아 이야기할 때가 아닌 건 분명했다.

모두 코로나19 때문이다. 2월부터 상황은 매주 악화일로를 걸었고 이 원고를 쓴 전날에는 일본 정부가 결국 긴급 사태를 선언하고야 말았다. 대학교가 봉쇄되면서 나 또한 모든 수업이 온라인으로 전환됐고, 내가 주재하고 있는 상담실은 또 앞으로 어떻게 해야 할지 매일이 고민의 연속이었다. 그나마 나는 나은 편이다. 의료 기관에서 일하는 지인들은 목숨을 걸고 일하고 있고, 그때까지 당연했던 일상을 송두리째 잃은 사람들도 많았다.

세상은 완전히 달라졌다. 아니 지금도 계속 변하고 있고 이 원고가 게재될 때쯤에는 지금 쓰고 있는 원고가 쓸모없어질지도 모른다. 아니, 그렇게 될 가능성이 크다. 내일 스케줄 정도야 알 수 있지만 다음 주에는 어떻게 될지 아무도 모른다. 그런 사태가 계속되고 있다. 그런데도 매일을 살아가고 하루하루 살아 내지 않으면 안 된다.

앞이 보이지 않는다

한치 앞을 내다보기 어려운 상황이다. 우리는 지금 그런 세상을 살아가고 있다. 이는 마음에 치명적이다. 평소 우리는 마치 예언자처럼 미래를 한쪽 눈으로 주시하며 살아가기 때문이다. '내일은 이렇게 해야지', '다음 달부터는 이게 시작되지?', '내년에는 대체로 이런 느낌일 거야'라는 식으로 앞날이 어느 정도 예측 가능하기 때문에 현재를 안심하고 살 수 있는 것이다. 일상에는 미래가 스며 있다.

그래서 미래가 망가지면 우리는 완전히 혼란에 빠진다. 예를 들어, 연인이 불쑥 이별을 고하거나 직장에서 갑자기 정리해고 대상에 포함되고, 가족의 상태가 급격히 나빠지면 우리는 망연자실한다. 앞으로 어떻게 될지 모를 뿐 아니라 지금 무슨 일이 일어나고 있는지조차 판단하지 못한다(때론 과거까지 망가지기도 한다). 일상이 산산조각 나는 것이다.

코로나19 사태 속에서 우리는 실로 망가진 미래를 앞에 두고 혼란스러워하고 있다. 전철은 정상 운행 중이고 슈퍼도 예전 모습 그대로다. 그런데 미래만 없다(그리고 마스크도). 그래서 일상은 그대로인 것 같지만 실은 사라지고 없는 것이나 마찬가지인 상황에 놓여 있다.

나는 상담사이기 때문에 지금까지도 이렇게 미래가 망가진 사람들과 만나 왔다. 이럴 때 사람들은 흥분한다. 생존이 위협받으면 우리는 가벼운 조증 상태가 된다. 머리 회전이 지나치게 빨라지고 안절부절못한다. 그리고 '뭐든 해야 돼!' 하는 절박한 마음이 된다.

앞이 보이지 않으면 우리는 뭐라도 해야 견딜 수 있다. 아무것도 하지 않으면 큰일 날 것 같다는 생각에 사로잡혀 일단 슈퍼마켓으로 달려가 식료품부터 사재기한다. 행동적이 될 수밖에 없다.

그런데 이럴 때 하는 행동은 대체로 잘 풀리지 않는다. 오히려 사태를 악화시킨다. 밤늦게 갑자기 떠오른 생각을 문자 메시지로 보냈다가 사태가 더 악화되는 것과 비슷하다. '시작이 반이다'라는 말도 있지만, 그건 생활이 안정돼 있을 때 이야기다. 살아가다 곤경에 처했을 때는 '시작은 하룻밤 푹 자고 난 다음'에 해야 한다. 잠을 잘 못 잤다면 충분히 자고 난 이후로 결단을 미뤄야 한다.

미래는 예측할 수 없는 상황이 됐지만 틀림없이 다가오기 때문이다. 긴급 사태 때는 억지로 미래를 끌어당기지 말고 기다려야 한다. 점점 윤곽이 또렷해질 것이다. 행동은 그때 하면 된다. 일단 멈춰 서서 '상황을 지켜보는 것'이다. 이것이 바로 미래를 재건하는 데 필요한 자세다.

함께 상황을 지켜보자

상황을 지켜보는 것이야말로 정신 건강을 위한 비장의 카드다. 이게 쉬워 보이지만 실은 상당히 어렵다. 긴급 사태 땐 더 말할 것도 없다.

'상황을 지켜보기' 위해서는 나 아닌 다른 누군가가 필요하다. '함께 상황을 지켜보자'고 말해 줄 사람이 있어야 비로소 우리는 일단 행동을 멈출 수 있다. 불안은 묘한 구석이 있어서 혼자서는 힘들지만 둘만 돼도 견딜 만하다. 1+1이 0.5가 되는 것이 불안의 본질이다.

연일 총리와 도지사가 미디어를 장식하는 것도 이 때문이다. 이 정도 규모의 불안에 대해 "함께 상황을 지켜보자."라고 호소하고, 상황을 지켜볼 수 있는 안전한 환경을 마련하는 것은 솔직히 그들밖에는 할 수 없는 일이다. 보이지 않는 미래를 가만히 기다리기 위해서는 이를 단단히 받쳐 줄 안정감이 필요하다.

그 기능이 지금 잘 작동하고 있는지 나는 잘 모르겠다. 잘 작동하기를 바라지만 한치 앞도 내다볼 수 없다. 그렇게 마이 씨는 큰 벽에 부딪혔다. 연재를 시작하자마자 보기 좋게 부딪혀 버린 것이다. 연예인의 스캔들을 파헤치는 연재는 언제쯤 가능해질까?

장소가 사라진 자리

---

*

아침부터 밤까지 스마트폰으로 문자 메시지가 끊이지 않고 와서 애를 먹고 있다. 대학 수업이 모두 온라인으로 전환되면서 동료나 학생들과 모든 사안을 문자 메시지로 주고받고 있다. 게다가 지금은 수강 신청 기간이라 혼란에 빠진 학생들이 우왕좌왕하면서 문의 문자 폭탄을 보내니 알람이 쉴 없이 울린다.

실은 나도 잘 몰라서 어떻게 대답해야 할지도 모르겠다. 하지만 서글프게도 뼛속까지 꼼꼼한 성격인 나는 하나하나 성실히 답변을 했다. 그랬더니 놀랍게도 문자 메시지가 두 배로 늘어서 돌아왔다. 두 배가 된 문자 메시지에 답변을 하니 다시 그 두 배가 됐다. 기하급수적 증식이다. 이런 문자 메시지야말로 바이러스가 아닌가!

최근 며칠 동안 나는 내가 탁구 선수가 된 게 아닌가 하는 착각이 들 지경에 이르렀다. 중국 국가대표 팀의 에이스처럼 문자 메시지를 초고속으로 받아치고 있던 것이다. 그런데 어제부터 스마트폰 너머에서 도깨비 코치가 '마이, 더, 더 빨리, 더 정확하게!' 하고 매서운 눈초리로 볼을 받아치는 모습이 보이기 시작해 절망의 늪에 빠졌다. '코치…… 나는…… 더는…… 무리예요…….'라는 말을 남기고 문자 메시지의 알람을 껐다.

우주에서 온 국민체조

참 신기한 일이다. 대학에 사람들이 모일 수 있었을 때는 이런 문자 메시지를 국대급으로 탁구 치듯 주고받은 적이 없었다. 커리큘럼이나 수강 신청 시스템은 원래 알기 어렵게 돼 있었지만, 그래도 학생들은 알아서 잘했고 별 탈 없이 졸업했다. 매년 봄 이맘때가 되면 나는 존재감을 드러내지 않고 조용히 마이동풍으로 일관해 왔지만 아무 문제가 없었다. 어떻게든 넘어갔고 일상은 잘 굴러갔다.

그런데 대학이 봉쇄되는 순간, 그 고리들이 풀려 뿔뿔이 흩어지면서 끝이 보이지 않는 문자 지옥이 시작됐다. '장소'의 힘이 얼마나 큰지 새삼 깨달았다. 같은 공간에 사람들이 모여 있기만 해도, 아니 두 명 이상만 함께 있어도 우리는 불가능해 보이는 일들을 어떻게든 해낸다.

나는 예전에 정신과 데이케어센터에서 일한 적이 있다. 그곳은 정신 장애를 앓고 있는 사람들이 아침부터 밤까지 시간을 보내는 곳이었는데, 거기에는 우주에서 오는 전파가 자신의 뇌를 빨아들이고 있다고 주장하는 남자가 있었다. 그는 모든 게 서툴렀다. 식사를 할 때마다 테이블은 엉망이 됐고, 화장실에 들어가면 나오지 못해 주변 사람들을 쩔쩔매게 했다. 그런 그는 늘 전파 이야기만 했다. 이는 심각한 장애였다.

그런데 희한하게 데이케어센터에만 오면 그럭저럭 하루를 보냈다. 그의 마음은 무서운 전파의 세상에 있었지만, 데이케어센터에서 지내는 시간만큼은 '평범'하게 생활할 수 있었던 것이다.

데이케어센터의 일과 중 하나는 국민체조였다. 그는 처음에는 라디오에서는 전파가 나올 뿐 아니라 체조의 순서도 모르고 애당초 체조를 왜 하는지 모르겠다며 국민체조를 거부했다. 그런데 막상 시간이 돼서 다른 이용자가 그에게 "자, 일어나세요."라고 하자 의자에서 벌떡 일어나더니 다른 사람들이 하는 것을 알음알음 보며 따라 하기 시작했다. 그러고는 국민체조를 금세 익혔다. 볼품없기는 했다. 자세히 보면 동작이 정확하지 않았지만 그래도 어찌 됐든 체조를 하고 있다는 느낌은 충분했다. 무사히 하루의 일과를 해낸 것이다.

가족들은 그런 그의 모습에 놀랐다. 그도 그럴 것이 집에서는 방 안에 틀어박혀 전파와 고군분투하는 것 이외에는 아무것도 하지 않던 그가 다른 사람들과 함께 '평범'하게 국민체조를 하니 놀라지 않고 배기겠는가?

"잘하네요."

가족들은 기뻐했다. 데이케어센터에서는 특별한 치료를 하거나 그를 특별 대우하지도 않았다. 그저 다른 사람들과 함께 평범하게 생활하게 했을 뿐이다. 그를 변화시킨 건 다름 아닌 '장소'였다. 많은 사람들이 한데 모여 있으면 많은 사람들의 몸에서 자연스럽게 자잘한 도움이 생겨난다.

몸은 도움에 끌린다

몸은 도움에 끌리게 돼 있다. 몸이 있으면 사람을 돕기 쉬워지고, 사람들로부터 도움을 받기도 수월해진다. 당황해서 잘 따라 하지 못 하는 사람이 있으면 주변 사람들은 "같이 해 봐요." 하고 선뜻 도움의 손길을 내민다. 그런 도움이 없어도 스스로 잘 안 될 때 옆 사람을 보며 따라 하면 잘하든 못하든 대충 비슷하게는 할 수 있다.

잘 모르는 걸 결국 끝까지 잘 모르더라도 어떻게든 하게 되는 게 바로 장소의 힘이다. 대학에 사람들이 모일 수 있었을 때는 학생들이 알아서 수강 신청을 잘했고, 그래서 나도 내 일에 집중할 수 있었다. 장소의 도움을 받았던 것이다. 여러분도 아마 그런 경험이 있을 것이다. 기억을 더듬어 보라. 일일이 기억하지 못할 만큼 주변 사람들이 가르쳐 주거나 주변을 보고 흉내 내면서 일한 적이 있지 않은가.

그뿐만이 아니다. 집에서 컴퓨터 앞에 앉아 "아, 피곤하다."라고 혼잣말을 할 때 아무도 듣지 않는 것 같아도 가까이에 누군가의 몸이 있으면 그 목소리는 그 누군가의 귀에 들리게 돼 있다. 그럼 그 누군가가 웃으면서 "나도." 하고 맞장구를 쳐 줄지도 모른다. 밀집·밀접·밀폐라는 3밀 속에서 오간 것은 보이지 않는 바이러스만이 아니다. 보이지 않는 도움도 쉴 새 없이 오가고 있었다.

그 보이지 않는 도움이 재택근무로 전환되며 사라졌다. 도움은 이제 모두 문서로 만들어 가시화하지 않으면 안 되는 상황에 이르렀다. 그래서 문자 메시지가 국대급으로 탁구를 치게 된 것이다. 몸이 알아서 해 주던 것을 우리는 지금 문자 메시지로 주고받고 있다. 스마트폰 너머에 있는 것은 중국 국가대표 팀의 도깨비 코치가 아니라, 보이지 않는 도움을 잃은 몸들이었다. 그들이 연방 공을 내 쪽으로 치고 있던 것이다.

스마트폰의 이쪽에 있는 몸도 도움을 잃고 비명을 지르는 신세가 됐다. 내 몸은 혼이 나갈 정도로 완전히 녹초가 됐지만 어쩌겠는가, 문자 메시지 알람을 다시 켜고 또 탁구를 시작하는 수밖에.

문자 메시지로 필요한 도움을 정리한 다음, 마지막에 '문자 메시지를 탁구 치듯 하니 피곤하죠?'라는 말을 덧붙여 보낸다. 그러자 '맞아요, 교수님. 너무 힘들어요.^^'라는 답장이 왔다. 조금 위로를 받고 힘을 얻었다. 코로나19는 인터넷 회선까지는 침투하지 못하지만, '몸의 인기척'은 스마트폰 너머로 조금은 전달된다.

마음은 변화를 싫어한다

*

제목은 '마음은 괴로워'인데, 뚜껑을 열고 보니 '코로나19는 괴로워'가 되어 버린 연재. 시대의 최첨단을 걸으려는 게 아니다. 코로나19밖에는 생각할 수 없는 상황이라 다른 이야기는 쓸 수 없게 된 것뿐이다.

이 연재만 그런 게 아니다. 대학 강의에서도 코로나19 이야기만 하고 있고, 읽는 책도 온통 코로나19에 관한 책들뿐이다.《마스크와 일본인マスクと日本人》처럼 코로나19와는 별로 관련이 없는 책들까지 푹 빠져 읽고 있다(마스크는 광산에서 처음 생겼다고 한다). 맥주도 코로나corona 맥주를 마시고, 하늘을 올려다보면 나도 모르게 태양의 채층 바깥쪽에 있다는 코로나를 찾곤 한다.

내가 생각해도 요즘 많이 이상해졌다. 나는 종종 이렇

게 된다. 어쩌다 하나에 꽂히면 인터넷으로 허구한 날 그것만 검색한다. 스맙SMAP(일본의 원조 국민 아이돌)이 해체됐을 때 특히 심했다. 딱히 열혈 팬도 아니었는데 아침부터 밤까지 하루 종일 인터넷으로 관련 기사를 검색했다. 마치 뭔가에 홀린 듯이.

그러다 결국 기무라 다쿠야(스맙의 멤버—옮긴이)가 내 꿈에까지 나타났다. '밤하늘의 저편夜空ノムコウ'을 부르면서 나를 꽉 안아 줬다. 눈물을 흘리면서 눈을 뜨고 나서야 정신이 번쩍 들었다. 때마침 그 무렵에 의뢰를 받은 전문서적의 서평 원고에 스맙의 이야기를 원 없이 쓴 뒤에 겨우 광기를 멈출 수 있었다.

코로나19와 스맙은 사회적 의미도 심각도도 전혀 다르지만 내가 한 행동은 같다. 하루 종일 인터넷에서 뉴스를 검색해 읽고 글을 쓴다. 아마도 나는 충격을 받으면 이런 식으로 내 마음을 지키고 있는 게 아닌가 싶다.

실룩거리다

마음은 변화에 약하다. 잘 알려진 이야기지만 스트레스는 싫어하는 것에 대한 마음의 반응이 아니라, 변화가 마음에 주는 부담이다. 따라서 현실이 격변할 때 우리는 가능한 한 자신을 바꾸지 않기 위해 필사적으로 저항한다.

풀을 잘 먹인 새하얀 셔츠를 입은 한 중년 남자가 상담을 받으러 온 건 '틱' 때문이었다. 틱은 몸의 일부가 제멋대로 움직이는 증상을 말하는데, 그의 경우 목이 실룩거리는 경련 증상이 문제였다.

"목 이외에는 아무 문제가 없어요. 제발 이 실룩거리는 것만 어떻게 해 주세요!" 하고 그는 호소했다. 그런데 이야기를 잘 들어 보니 문제는 목뿐만이 아니었다. 전해에 그는 정리해고를 당했고 같은 시기에 이혼까지 했다. 가까스로 이직을 했지만 처우가 이전보다 훨씬 나빠졌다. 그는 엄청난 변화의 소용돌이 속에 있었던 것이다. 나는 그에게 틱 장애가 생기는 것도 무리는 아니라고 했지만 그는 인정하지 않았다.

"그건 관계없습니다. 내 인생에서 보면 긍정적인 일인걸요."

그는 정리해고와 이혼이라는 큰 변화를 받아들이고 있다면서, 그 두 가지 경험으로 타인에게 빼앗겼던 자신의 인생을 되찾았다고 생각하고 있었다. 그는 끝까지 자신에게는 긍정적인 변화라며 물러서지 않았다.

틱이 쉽게 사라지지 않아 우리는 한동안 계속 만나면서 다양한 이야기를 나눴다. 그러면서 알게 된 건 그가 아주 오래전부터 긍정적인 사람이었다는 사실이다. 그의 인생에는 힘든 고비가 몇 번 있었지만, 그때마다 긍정적인 마인드로 극복해 왔던 것이다. 그래서 그는 이번에 겪은 큰 변화도 긍정적으로 생각하면 극복할 수 있다고 믿고 있었다.

그는 변화를 받아들인 것이 아니라 자신을 변화시키지 않기 위해 긍정 마인드로 무장했던 것이다. 그런데 새하얀 셔츠에 묻은 커피 자국처럼 틱만 그의 긍정 마인드를 오염시키고 있었다.

마음은 아주 천천히 모습을 드러낸다. 그는 시간이 지날수록 흐트러지기 시작했다. 불면증에 시달리고 우울감에 빠졌다. 그리고 그때부터 상담 시간에 이전 직장과 가족들에 대한 분노와 원망을 털어놓기 시작했다. 혼자 생각했을 때 그의 결론은 항상 긍정적이었지만, 상담실에서 함께 생각하는 사이 그의 마음에는 절망적인 결론이 용솟음치기 시작했다. '모든 게 실패로 끝난 거였어.' 그는 마음의 상처를 스스로 깨닫게 되자 고통스러워하기 시작했다.

"여기만 오면 상태가 나빠져요."

이렇게 불만을 토로한 적도 있다. 하지만 그때 이미 그의 틱 증상은 사라지고 없었다. 그의 부정적인 부분은 이제 틱의 형태를 띠지 않아도 마음속에 있을 곳을 찾았기 때문이다. 틱 증상은 사라졌지만 그는 계속 상담을 받으러 왔다. 우리는 그가 상실한 것에 대해 시간을 들여 이야기를 나눴다.

변화를 찔끔찔끔 핥다

마음은 변화를 달가워하지 않는다. 그래서 현실이 바뀌면 우리는 마음을 닫아 버리고 항상 같은 방식을 고집하게 된다. 그가 '긍정적으로 생각하려 했던 것'도, 내가 '검색과 글쓰기에 빠지는 것'도 스스로를 바꾸지 않고 현실에 대처하기 위한 나름의 방법인 것이다. 이를 비웃는 사람도 있을 것이다.

"도망치지 말고 변화하라. 변화하지 않으면 기다리는 건 멸망뿐이다."

코로나19가 막 시작됐을 무렵부터 '포스트 코로나19'에 대해 이야기할 정도로 변화에 민감한 사람들은 이렇게 말할지도 모른다. 하지만 그런 사람들도 코로나19 이전부터 항상 같은 주장을 해 오지 않았을까. 변혁파는 현실의 변화에 마음을 닫아 버리기 위해 변혁을 고집한다.

물론 그게 나쁘다는 건 아니다. 마음은 현실의 급격한 변화를 견디지 못하기 때문이다. 정리해고와 이혼이라는 시련이 한꺼번에 찾아온 그에게 현실을 있는 그대로 받아들이라고 누가 말할 수 있겠는가.

눈보라가 칠 때는 동굴로 피하는 게 상책이다. 살아남기위해 현실을 외면하고 마음을 닫아야 할 때도 있는 것이다. 그렇다고 동굴 속에 계속 있을 수만은 없다. 계속 있다가는 굶어 죽을 게 빤하기 때문이다. 현실이 바뀌었다면 마음도 조금은 바뀌어야만 한다. 기무라 다쿠야의 꿈을 계속 꾼다고 해서 해체한 스맙이 다시 돌아오진 않는다. 동굴 앞을 어슬렁거리며 새로운 지도를 찾아야 한다.

변화란 말하자면 극약과 같은 것이다. 한번에 들이켜면 몸을 망가뜨리고, 완강히 거부해도 몸은 계속 나빠질 뿐이다. 그래서 찔끔찔끔 핥는 것이 좋다. 현실이 바뀌는 건 순간이지만 마음의 변화는 천천히 일어난다. 그래서 그에게는 틱이 생긴 것이다. 틱으로 그는 자신 안에 숨어 있던 부정적인 부분을 찔끔찔끔 핥을 수 있었다. 나도 마찬가지로 이렇게 글쓰기를 통해 찔끔찔끔 변화를 핥으면서 조금씩 현실에 적응해 갈 것이다.

밤하늘의 저편을 올려다보면서 '네 생각뿐이야君色思い'(스맙의 열한 번째 싱글—옮긴이)를 떠올렸다.

유튜브, 안전한 캡슐

＊

유튜버가 되고 말았다. 대학 수업이 온라인으로 전환된 탓이다. 처음에는 정말 내키지 않았다. 수업은 영혼과 영혼의 격투인데! 내가 어떻게 유튜브를 해! 웃기지 마! 처음에는 말도 안 된다며 결사 항전할 생각이었다. 그런데…… 상사의 "해!"라는 한마디에 "알겠습니다." 하고 굴복하는 것이 월급쟁이 부교수의 슬픈 현실이다.

하지만 막상 동영상을 열심히 촬영해 학생들에게 공개하고 나서야 비로소 깨달았다.

'유튜브, 완전 최고!'

돌이켜 보면 대면 수업이 훨씬 힘들다. 항상 사람들 눈치를 보는 나는 학생들의 표정이 시큰둥해 보이거나 스마트폰을 만지기 시작하면 상처를 받았다. 그리고 이를 어떻게든 만

회해 보려고 전설의 임상심리사 가와이 하야오의 흉내를 냈다. 그럼 그때 학생들이 힐끗 봐 주기도 했지만 그것도 잠시, 바로 깊은 잠에 빠져 버렸다.

마지막 수단으로 '만약 도쿄 도지사가 프로이트에게 상담을 받았다면?'이라는 설정의 짧은 콩트를 시전해 보이기라도 하면, 수마가 본격적으로 덮쳐 학생들은 그야말로 딥 슬립 상태에 빠졌다. 이럴 땐 정말 딱 죽고 싶어진다. 아, 내 수업 재미없구나.

이런 점에서 유튜브는 매우 훌륭하다. 학생들이 잠을 자든 스마트폰 삼매경에 빠지든 내 눈에는 보이지 않는다. 같은 장소에 혼이 두 개 이상 있게 되면, 바이러스에 감염되는 건 물론이고, 수업이 재미없다는 사실까지 백일하에 드러나니 백해무익하지 않을 수 없다. 고로 사회적 거리 두기는 정말 훌륭하다.

사교성의 이면

아주 오래전 소위 '엘리트'라 불리는 30대 여성을 상담한 적이 있다. 쇼트커트의 검은색 머리카락이 아름다웠던 그녀는 매우 사교적인 사람이었다. 세련된 말솜씨 덕에 만나는 사람마다 그녀에게 호감을 가졌다.

부족할 것 없어 보이는 그녀에게는 한 가지 고민이 있었다. 정기적으로 인간관계를 정리하는 자신의 습관이 문제였다. 그러다 보니 이직이 잦고 친구나 사귀는 사람도 일정 기간이 지나면 싹 갈아치우는 바람에 올림픽을 매번 다른 사람들과 보게 된다고 했다. 그녀는 이런 자신을 어떻게든 바꾸고 싶다며 상담을 받기 시작했다.

그녀와의 상담은 처음엔 기분 좋게 흘러갔다. 그녀의 이야기는 이해하기 쉬웠고 내가 분석한 내용을 전달하면 매번 "그럴지도 모르죠." 하고 순순히 받아들였으며 깊은 통찰을 내놓았다. 이 무렵에는 내가 정말 유능한 상담사가 된 기분이었다.

그렇게 상담을 이어가던 중 그녀가 정신질환으로 인해 심리가 불안정했던 어머니 밑에서 자랐다는 사실을 알게 됐다. 그녀는 어릴 때부터 어머니의 기분에 따라 눈치를 보며 행동해야 했고, 어쩌다 어머니의 기분을 맞추는 데 실패하면 상처 받은 어머니는 흥분해서 그녀를 심하게 공격했다. 그런 어린 시절을 보낸 탓에 그녀는 다른 사람과 대화를 할 때도 필사적이 됐다. 상담을 할 때도 마찬가지였다.

상담을 시작한 지 1년쯤 지나면서부터 그녀는 조금씩 달라졌다. 직장에서 사람들과 부딪히기 시작한 것이다. 그녀에게 흔치 않은 일이었다. 이전의 그녀였다면 현명하게 넘겼을 일들도 더 이상 그렇게 할 수 없게 됐다. 그녀에게 변화가 생긴 것이다. 그동안 필사적으로 인간관계를 맺어 왔던 그녀에게 틈이 생긴 거라고 나는 생각했다.

"조금 마음을 내려놓게 되지 않으셨나요?"

"그럴지도 모르죠."

내 질문에 그녀는 평소와 다름없이 대답했다. 그러더니 갑자기 침묵했다. 쉽게 받아들이기 어려운 모양이었다.

"그런 자신에게 당황하고 있는 걸 거예요."

그러자 그녀는 폭발했다.

"그런 게 아니에요!"

"……."

"제가 '그럴지도 모르죠.'라고 말할 때는 '그런 게 아니에요!'라는 뜻이에요! 왜 제 마음을 몰라주세요?'

가면 아래 철저히 숨겨 놨던 끓어오르는 분노가 드디어 모습을 드러냈다. 그녀는 더 이상 기분 좋은 사람이 아니었다. 아름다웠던 검은색 머리카락은 성이 났고 거친 말들이 그녀의 입에서 흘러나왔다. 이는 매우 중요한 변화였다. 이 무렵은 그녀가 상담사를 바꾸려고 마음먹기 시작한 시기와 맞물렸기 때문이다.

세련된 사교성의 이면에는 세련되지 않은 생각들이 많았다. 관계가 깊어져 그런 생각들이 들킬 것 같은 순간이 오면 그녀는 인관관계를 싹 정리해 버렸던 것이다. 그녀에게 필요한 건 불편한 관계라도 함께 계속 이어가는 것이었고, 이는 어머니와의 사이에서는 하지 못했던 일이었다.

그때부터 상담은 혈전이라 할 만큼 힘들어졌지만, 그래도 그녀는 이 시기를 잘 이겨 내고 연인과 동거를 시작할 수 있었다. 관계가 사교를 넘어서려는 순간 관계를 정리하는 대신, 한 발 더 나아가기 위해 도전할 수 있게 된 것이다.

타인은 잠재적인 적

'만남'을 의미하는 'encounter'라는 영어 단어의 어원은 '적과 맞닥뜨리다'라고 한다. 타인은 잠재적인 적이기에, 언제고 우리에게 상처 입힐 가능성을 내포하고 있다. 그래서 나는 대면 수업에서 성대모사를 하고, 그녀는 '그럴지도 모르죠.'라는 말을 습관처럼 했던 게 아닐까? 사교란 상처를 주는 타인을 요리조리 피해 가는 기술이다.

코로나9 때문에 집에서 지내는 시간이 길어져 답답함도 크지만, 그런 한편으로 평온함을 느끼는 것은 청결한 캡슐 속에 들어가 바이러스와 타인을 차단할 수 있기 때문이다. 마치 몬스터가 출현하지 않는 RPG게임 같은 것이다. 우리는 그런 안전함에 내심 안도하고 있는지도 모른다.

반면 위험한 타인은 영양분이 되기도 한다. RPG게임에서는 몬스터와 싸우지 않으면 레벨이 올라가지도, 친구가 늘지도 않는다. 적일지 모르는 타인과 인내심을 갖고 사귀다 보면, 어느 순간 그 사람이 친구이자 내 편이라는 걸 깨닫게 된다. 적어도 적은 아니었다는 건 알게 된다. 이런 경험들이 쌓여 우리 마음의 깊이를 더해 준다. 그래서 그녀는 "왜 제 마음을 몰라주세요!"라고 외쳤을 것이다. 안전한 캡슐에서 한 걸음 딛고 나와 타인을 갈구했던 것이다.

유튜브를 활용한 수업은 청결하고 안전할 뿐 아니라 편하다. 하지만 그렇게 혼이 격리돼 있으면 뭔가가 결여된다. 역시 영혼과 영혼의 격투가 필요하다고 확신한다. 그래서 이런 이야기를 학생들에게 전해야겠다고 마음먹고 수업에서 이야기를 했더니 '좋아요'를 누르는 학생이 한 명도 없었다. 아, 역시 내 이야기는 재미가 없구나, 하는 생각에 당장에라도 죽고 싶은 심정이었다. 왜 내 마음을 몰라주는 거야?!

마감공포증

*

연재를 하는 동안 줄곧 코로나19에 대해 글을 썼더니 연
재가 끝나고는 코로나19에 무관심해졌다. 코로나19 담당 책
임자가 알면 '마음이 해이해졌다'며 호통을 칠 것 같지만, 사
실 사람들은 코로나19에만 신경 쓰면서 살 수는 없다. 코로나
19가 아니더라도 인생에는 힘든 일이 한두 가지가 아니다.

나는 개인적으로 마감이 너무 무섭다. '마감공포증'에 가
깝다. 어느 정도냐 하면 마감에 쫓기는 게 무서워서 2주 전에
는 원고를 완성해 놓을 정도다. 이렇게 말하면 "뭐야? 일 빨리
한다고 자랑하는 거야?"라고 할지 모르지만 절대 그렇지 않다.

마감이 다가오면 더 이상 글을 쓰지 못하게 되면 어쩌
지? 하고 불안해지다가 결국에 나는 이제 끝이다, 하면서 궁
지에 몰리게 된다. 이 상황이 지속되다 보면 아, 그냥 도망치

면 편할 텐데, 하는 생각이 스멀스멀 고개를 들기 시작한다. 불후의 명작《만화길》(일본의 대표적인 만화가 유닛인 후지코 후지오의 자전적 만화—옮긴이)에서 후지코 F. 후지오와 후지코 후지오A 두 사람이 모든 연재를 내팽개치고 실종되는 장면이 나오는데 무척 공감됐다.

마감에 쫓기면 사람이 이상해진다. 고소공포증인 사람이 관람차를 타지 않으려는 것과 같은 이치로, 나도 원고를 일찍 끝내 놓음으로써 마감공포증이 발병하지 않도록 조절해 온 것이다. 그럼에도 주간 연재는 쉽지 않았다. 마치 장애물 경기를 하는 기분이었다. 하나가 끝나면 그다음 마감이 줄줄이 기다리고 있으니 잠시만 긴장을 늦춰도 금세 마감이 목전으로 숨 막히게 다가왔다. 지금 이 순간도 한참 남아 있다고 생각했던 마감이 열흘 뒤로 다가왔다는 생각을 하니 심박수가 오르기 시작한다. 앞으로 열흘, 큰일이다. 아, 내가 너무 쉽게 생각했다. 외출 자제 기간에 파티를 열어 소속사 부사장으로부터 호되게 야단을 맞았다는 아이돌그룹만큼이나 안이했다.

내 마음속 잔혹한 부사장

마감이 뭐가 그렇게 무서운 건지 내 마음속을 들여다보

기로 했다. 그랬더니 정말 잔혹한 부사장이 "이렇게 재미없는 글을 쓰면 어쩌자는 거야?" "이렇게 해서 마감을 맞출 수 있겠어? 꿈 이야기해?" 하고 나를 끊임없이 다그치고 있었다.

이렇게 스스로 자신을 다그치는 목소리를 심리학에서는 '초자아'라고 한다. 초자아는 모든 사람의 마음에 존재하며, 우리에게 '이렇게 해야 한다'고 규범을 제시하기도 하고, '잘했어', '이러면 안 되지'라는 식의 가치 판단을 내리기도 한다. 말하자면 마음속의 상사와 같은 존재다.

초자아 자체는 나쁘지 않다. 강도만 적절하다면 우리에게 좋은 영향을 준다. 초자아가 아예 없는 것도 곤란하다. 훌륭한 상사는 일을 잘할 수 있게 해 주는 반면, 상사가 없는 회사는 혼란에 빠지는 것과 같은 이치다.

반대로 초자아가 너무 과하면 파멸에 이르기도 한다. 오래전 상습적으로 상점에서 물건을 훔치던 노인이 상담을 받으러 온 적이 있다. 은퇴했지만 경제적으로 여유가 있었고 사회적 지위도 있던 그가 훔친 건 수세미 열 개, 주방 세제 여덟 개 등 당장 급한 것들이 아니었다. 그야말로 '훔치는 행위'를 위한 도둑질이었다.

이런 경우 상식적으로 생각하면 선악에 대한 분별력이 없고 초자아가 약할 것 같다. 그래서 "물건을 훔치는 건 나쁜 거예요." 하고 가르쳐 주고 싶어진다. 하지만 그는 자신의 행동이 잘못됐다는 것을 그 누구보다 잘 알고 있었다. 상점에서 물건을 훔치는 건 불법이며, 가게에 손해를 끼치는 행위라는 걸 누구보다 잘 인지하고 있었다. 아니 그 수준을 넘어 자신은 사형을 당해도 마땅한 극악무도한 사람이라고까지 생각하고 있었다. 그 정도면 더 이상 물건을 훔치지 않으면 될 것 같지만 그게 말처럼 쉽지 않다.

스스로를 극악무도한 사람이라고 매일 자책하는 우울한 일상 속에서 유일하게 기분이 상쾌해지는 때가 바로 상점에서 물건을 훔치는 데 성공했을 때였기 때문이다. CCTV를 피해 가게를 빠져나와서는 경비원이 쫓아오지 않는다는 걸 확인하는 순간만이 그에겐 행복이었다. 더 없이 행복한 그 순간에만 잔혹한 초자아가 자신을 호되게 책망하는 것을 멈췄기 때문이다.

그의 초자아는 CCTV나 경비원에게 투영돼 있었다. CCTV에 찍히지 않고 경비원의 눈을 요리조리 피하는 건 곧 자신을 극악무도한 사람이라 책망하는 초자아의 눈으로부터 몸을 숨기는 것과 같았다. 현실과 마음의 세계가 마구 뒤섞여 있던 것이다. 그렇게 물건을 훔치는 그 순간만큼은 온갖 속박으로부터 해방될 수 있었다.

하지만 그런 위태로운 일상은 오래가지 못했다. 결국 그는 꼬리를 잡히고 말았다. CCTV에는 그의 범행이 고스란히 찍혔고 경찰이 출동했다. 절대 모르길 바랐던 가족들도 모두 알게 됐다. 파국을 맞은 것이다.

'이제 모든 게 끝났다', '더 이상 살아갈 수 없다', '모두가 나를 경멸하고 매도하고 내쫓을 것이다'…… 이런 생각으로 그는 절망했다. 그랬던 그에게 놀라운 일이 벌어졌다. 경찰도 가족도 왜 그가 그런 일을 저질렀는지 걱정해 준 것이다. 말 못 할 고민이 있는 건 아닌지 진심으로 걱정했다. 가족들은 그가 사과와 변상을 위해 상점에 갔을 때 그의 곁을 지켰고, 상점에서도 조용히 넘어가 주었다. 아무도 그를 극악무도한 사람이라며 욕하지 않았다. 현실은 그의 초자아보다 훨씬 너그러웠다. 그때부터 그는 조금씩 달라지기 시작했다.

초자아에 조종당하다

여기까지 쓰고 나니 마감이 여드레 앞으로 다가왔다. "이번 납기는 어떻게든 맞출 것 같긴 한데, 이런 수준의 글을 세상에 내놓겠다니 정말 뻔뻔하군." 하고 마음속 부사장이 비아냥거린다. "다음에는 정말 못 맞출지도 모르는데 쉴 생각이나 하다니 너도 참 태평하다."

아, 도망치려 하면 할수록 초자아는 점점 더 잔혹해진다. 도벽이 있던 그에게는 경찰에 체포된 게 오히려 구원의 손길이 됐듯, 나도 차라리 마감을 어겨 보면 편해질지 모른다는 생각도 들었다. 편집자에게 멸시를 당할지는 몰라도 내 마음속 부사장보다는 덜할 것 같았다.

　실제로 많은 경우 현실은 초자아보다 덜 잔혹하다. 재택 근무가 힘든 이유도 여기에 있다. 동료와 얼굴을 마주치지 않고 일을 하면 점점 초자아의 목소리가 잔혹해진다. 현실의 상사에게 마음속에 있는 상사가 투영돼 실제보다 더 잔혹한 사람으로 생각되기 시작한다. 긴 휴가가 끝나고 학교나 직장에 가려고 하면 죽기보다 싫은 것도 이 때문이다. 외출 자제가 풀리려는 지금 시점에 이건 매우 중요한 문제지만, 길어질 것 같으니 다음으로 미뤄야겠다, 하고 갑자기 무리하게 코로나19로 화제를 돌리는 것도 다 초자아 탓이다. 코로나19와 관련 없는 이야기만 쓰다 보니, 마음 한구석에서 줄곧 코로나19 담당 책임자에게 혼나고 있는 기분이 들었다.

　아, 결국 초자아가 바라는 대로 움직이고 마는 나. 이 원고가 끝나고 나면 틀림없이 나는 바로 다음 원고에 매달릴 것이다.

　이 봐, 초자아. 마음속의 폭군, 제발 부탁이니 잠 좀 주무시게나.

나쁜 생각

＊

　결국 일을 내고 말았다. 한 달에 한 번 있는, 대학교에서 가장 중요한 회의를 깜빡한 것이다. 온라인으로 진행되는 회의라 잊어버릴 것 같아서 전날 밤부터 꼭 참석해야 한다고 다짐을 했는데, ZOOM 미팅 룸에 접속을 해 보니, "오늘 고생 많으셨습니다." 하고 학과장님이 마지막 인사를 하고 있었다. 시간을 착각한 것이다.

　"네? 설마 벌써 끝나는 거예요?"

　가만히나 있을걸, 마이크를 켜 놓은 채 소리치고야 말았다.

　"아, 마이 선생님, 다 끝났어요. 회의록 챙겨서 보세요."

　학과장님은 만면의 미소를 지으며 한마디 하고는 동료 교수들과 함께 방에서 나가려 했다. 큰일이다. 적어도 내 존재감은 어필해야겠단 생각에 컴퓨터 화면에다 대고 절규하

듯 말했다.

"수고 많으시었사옵니다!!!!"

아, 무정한 재택근무여! 예전 같으면 복도에 나가 변명이라도 했을 텐데 이럴 땐 그럴 수도 없다. 어떡하면 좋을지 몰라 머리카락을 쥐어뜯었다. 그러자 '나쁜 생각'이 스멀스멀 고개를 들기 시작했다. 동료 교수들의 표정에는 "이 기생충아!"라고 쓰여 있었던 것 같고, 학과장님의 만면의 미소는 뭔가 잔혹한 아이디어가 떠올랐을 때의 음흉한 미소가 아니었나 하는 생각이 드는 것이다. 하…… 설마 회의록에 나를 징계 처분하는 내용이 담겨 있는 건 아니겠지? 그런 생각에 이르자 겁이 나서 회의록 파일을 열어 볼 엄두가 나지 않았다.

'나쁜 생각'은 시간이 지날수록 눈덩이처럼 불어났다. 내기 마작을 한 전 검사장도 경고 처분 정도로 끝났는데, 회의가 다 끝날 때쯤 참석했다고 징계 처분을 당하는 건 말이 안 되지, 아니 회의 시작할 때 없으면 그때라도 연락을 해 주면 안 되나? 잘못은 저쪽에 있다. 아니, 어쩌면 이건 나를 함정에 빠뜨리려는 모략일지도 몰라. 그렇다면 나한테도 생각이 있다. 눈에는 눈! 이에는 이!라고 그럼 난 소송을 해야지. 지금쯤이면 사직을 하고 한가해진 전 검사장이 변호를 맡아 줄지도 몰라. 법정에서 철저하게 제대로 한번 붙어서 무자비한 철퇴의 맛을 보여 주고야 말겠어.

조금 더러워도 괜찮아

이렇게 착란 증상을 보였던 게 바로 어젯밤의 일이다. '나쁜 생각'만큼 무서운 것도 없다. 생각을 하면 할수록 타인은 잔혹하고 무자비해지며 스스로도 파괴의 신이 돼 버린다.

옛날에 중학교의 스쿨 카운슬러로 활동했을 때의 일이다. 그때 나는 한 소년을 알게 됐다. 그는 수업 중 딱 한 번 바지에 실례(큰 것)를 한 이후로 학교에 나오지 않았다. 자기 방에 틀어박혀 있다가 외출을 할 때면 샤워를 두 시간이나 할 정도로 타인의 시선을 두려워하게 됐다.

상황이 그렇다 보니 가정 방문을 하게 됐는데, 처음엔 그와 만나는 것조차 쉽지 않았다. 내가 갈 때마다 그는 잠을 잔다거나 컨디션이 안 좋다는 이유로 만남을 거부했다. 사실 그는 내가 무서웠을 것이다. 그래서 나는 매번 짧은 편지를 남기고 돌아왔다. 안정적인 접촉이 쌓이다 보면 조금이나마 그의 공포심이 줄어들 거라 기대했기 때문이다.

효과가 있었다. 어느 날 그는 어쩌다 눈이 일찍 떠졌다며 나를 자기 방으로 들어가게 해 주었다. 방은 지나치다 싶을 정도로 깨끗하게 정돈돼 있었다. 바닥도 반짝반짝 빛이 났다. 어쩌면 나를 방으로 들어오게 하려고 전날 청소를 했을 수도 있다. 물론 그랬냐고 묻지는 않았다. 극도로 긴장한 그를 자극하고 싶지 않았기 때문이다.

"평소에는 뭐해?"

내가 묻자 컴퓨터로 항상 본다는 사이트를 보여 줬다. 화면에는 A국의 환경오염과 관련한 영상이 흐르고 있었다. 공장 폐수로 핑크빛으로 물든 강과 기형으로 태어난 동물들의 모습도 보였다.

화면을 보면서 그는 흥분해 오염 물질을 흘려보내는 A국을 거칠게 비난했다. 그는 언뜻 인터넷에서 활동하는 넷우익(인터넷 상에서 우익 국수주의 성향으로 활동하는 사람을 가리키는 말)처럼도 보였지만, 내 눈에는 교실에서 바지에 실수한 자신을 자책하는 목소리로 들려 안쓰러웠다.

그 후로 우리는 계속 만났다. 깨끗한 방에서 그의 할머니가 가져다주는 케이크를 먹으면서 줄곧 환경오염에 대한 이야기를 나눴다. 그는 항상 긴장 상태였다. 아마도 나에게 더러운 사람으로 비칠까 겁이 났을 것이다.

그러던 어느 날 내가 실수로 바닥에 케이크를 떨어뜨리고 말았다. 깨끗했던 바닥이 크림 범벅이 됐다. 몰골이 처참했다.

"미안."

"괜찮아요."

내가 바로 사과하자 그는 굳은 표정으로 괜찮다고 했다.

"내 방, 원래 더러우니까."

무심코 툭 내뱉더니 자기도 우스웠는지 피식 웃었다.

"평소에는 A국 같구나?"

나도 함께 웃었다. 그래, 조금 더러워도 괜찮아. 그 일이 있은 후 얼마 지나지 않아 우리는 학교 상담실에서 상담을 이어가게 됐다. 그때 비로소 그는 A국 이야기가 아니라 "사람들의 시선이 무섭다."라며 자신의 속마음을 털어놓았다.

마음속 전쟁

우리 마음에는 전쟁이 숨어 있다. 마음속 전쟁은 상처를 받으면 발발한다. 소송을 해야겠다는 공상을 하던 나나, 환경오염을 신랄하게 비난하던 소년처럼 타인을 공격하는 나쁜 생각이 멈추지 않거나 타인으로부터 공격받는 나쁜 상상이 꼬리에 꼬리를 문다.

황금연휴나 여름휴가가 끝나고 직장이나 학교에 가기가 죽기보다 싫은 건 쉬는 동안 마음속 전쟁이 시작됐기 때문이다. '그 사람 무서워'라든가 '그 사람 때문에 열 받아'라는 생각들이 뇌리에서 떠나지 않으면, 마음속에 있는 '그 사람'은 점점 더 커지고 광폭해지며 잔혹해진다. 그래서 만나는 게 꺼려지는 것이다.

전쟁을 끝내려면 직접 만나야 한다. 타인과 직접 접촉하면 어느새 평화로운 만남을 하게 되는 게 우리 마음이기 때문이다. 그럼 타인과 평화롭게 지낼 수 있었던 때의 자신이 떠오른다. 소년이 나를 방으로 들어오게 했을 때 이런 변화가 시작됐다. 그의 방에서 함께 컴퓨터를 보고 케이크를 먹었다. 위험한 일이 일어날 가능성은 있지만 위험한 일은 일어나지 않는다. 그럴 때 우리는 비로소 상대방과의 사이에 평화가 존재한다는 걸 느낄 수 있다. 코로나19가 종식되면, 마음은 무겁더라도 동료들과 오랜만에 직접 접촉할 수 있다는 데 의미가 있다.

잊혀 가던 평화로운 관계를 떠올리는 건 중요하다. 사람들과의 관계 가운데는 내키지 않는 일도, 귀찮은 일도 있지만 즐거운 순간 역시 있었을 것이다. 그래서 나도 소송 같은 거 할 생각하지 말고, 용기 내서 다음 회의에 꼭 참석해 평소처럼 마이동풍으로 모든 의제를 흘려들을 생각이다. 한동안 대학에 가지 않아 잊고 있었는데, 코로나19 이전에도 다양한 실수를 했고, 결국 모두에게 웃을 거리를 선사하지 않았던가.

우리에겐 복도가 필요하다

＊

이제 온라인 미팅에는 꽤 익숙해져서 스스로도 제법 하는걸, 하고 생각할 정도가 됐지만 도저히 익숙해지지 않는 것이 하나 있다. 바로 미팅이 끝날 때다. 교수회가 됐든 연구회가 됐든 세미나가 됐든 미팅을 하는 동안은 화기애애하고 사이좋게 잘 하다가, 끝날 때는 "그럼 이만 마치겠습니다."라는 말이 떨어지기 무섭게 휙휙 나가 버려서 나만 홀로 덩그러니 남겨지곤 한다. 이게 견딜 수가 없다.

오래 사귄 애인에게 "그만 끝내. 답장은 필요 없어." 하고 달랑 문자 메시지 하나로 이별을 통보 받는 느낌이다. 매일이 실연의 연속이다. 연구회가 끝나면 '아, 허무하다.' 하고 먼 산을 바라보게 되고, 세미나가 끝나면 '제행무상諸行無常(영원한 건 없음을 의미하는 사자성어)하구나.' 하고 눈물을 훔친다. 교

수회가 끝나고 나면,

　　다리를 끌며 ZOOM 화면에서 사라지네.
　　학장님, 사요나라
　　혼자서 잠들어야 하나

하고 나도 모르게 단카短歌(일본의 전통시―옮긴이)를 읊게 된다. 사람은 결국 고독한 존재임을 매일 뼈저리게 느끼고 있는 것이다. 아니, 우리는 코로나19 이전에도 분명 고독했을 것이다. 아무리 회의 분위기가 좋았어도 연구실로 돌아오면 마지막엔 항상 혼자였다. 세미나도 술자리도 항상 끝이 있었다. 그렇다고 매번 실연의 아픔을 겪었던 건 아니다. 뭐가 다른 걸까.

　　그렇다. 복도가 없다. 교수회를 마치고 나오면서 "오늘도 그 교수님, 무슨 소린지 잘 안 들렸죠?"라든가 "마라카스(중남미의 민속 리듬 악기―옮긴이) 불까 했다니까." 하고 복도에서 투덜대는 게 즐거웠다. 잡담도 뒷담화도 밀담도 모두 복도에서 이뤄졌다. 사건은 회의실이나 현장에서도 일어나지만, 사람 냄새 나는 사건은 대체로 복도에서 일어났다.

변신이 풀리는 복도

놀이치료란 놀이를 통해 상담하는 치료법을 말한다. 말로는 자신을 잘 표현하지 못하는 아이들에게 흔히 사용하는 방법이다.

예전에 눈이 부리부리한 만 4세 남자아이와 놀이치료를 한 적이 있다. 그 아이는 6개월 전 어머니를 병으로 잃은 후 유치원에서 친구들에게 폭력을 휘두르게 됐고, 이를 걱정한 아버지가 아이를 데리고 왔다.

장난감이 가득한 놀이방에 들어오면 아이는 제일 먼저 플라스틱 칼을 꺼내 나를 계속 세게 때렸다. 아무리 유치원생이라도 그 정도면 어른도 아프다. "그만해!"라고 비명을 지르면 "나는 화장실 사무라이다. 나쁜 똥쟁이 남자야! 내가 혼내줄 테다!" 하고 의기양양한 미소를 지으며 말했다. 어찌 된 일인지 나는 똥쟁이 남자가 돼 있었다. 놀이는 마음의 세계를 비춘다. 엄마가 세상을 떠난 것은 그 아이가 마침 기저귀를 떼는 훈련을 하던 시기였다.

'내가 화장실에서 응가를 잘 못해서 엄마가 병에 걸린 거야.'

얼토당토않은 생각이지만, 아이는 어린 마음에 그렇게 생각하고 있었다. 똥쟁이 남자가 실은 자신이었고, 마치 자신을 공격하듯 나를 공격했던 것이다. 유치원에서 폭력을 휘둘

렀던 것도 같은 이유였을 것이다. 그로부터 몇 개월이 지나도록 나는 계속 칼에 찔렸다. 아팠지만 화장실 사무라이의 마음속 상처가 느껴져 안타까웠다.

그런데 어느 순간 놀이에 변화가 생기기 시작했다. 화장실 사무라이는 자신이 칼로 베 참살한 똥쟁이 남자를 치료해주었다. 아이는 바닥에 누운 나를 같은 칼로 수술했다. 이때 화장실 사무라이의 표정은 온화했다.

"봐, 다 나았지? 다시 살아나도 돼. 똥쟁이 남자야."

그렇게 해서 내가 다시 소생하면 나를 다시 한번 찔러 죽이고 또다시 치료했다. 이건 마치 성스러운 의식처럼 반복됐다. 이 행동을 반복하면서 아이는 아마도 마음속에 있는 엄마를 소생시키고 동시에 상처 입은 자신을 치유하려는 것 같았다.

성스러운 의식을 하게 된 이후 아이는 놀이방을 나갈 때 시간을 끌었다.

"내가 이대로 갈 줄 알고? 아직 안 끝났어, 똥쟁이 남자야."

이렇게 말하며 나가지 않겠다고 버텼다.

"오늘은 이만!"

처음엔 살살 구슬려서 어렵게 방에서 데리고 나갔는데, 그다음 번에도 버티기는 마찬가지였다. 다음 내담자가 기다리고 있어서 그럴 때 매우 난처했다. 그러다 어느 회차인가부터 신기하게도 아이는 시간이 되면 바로 방을 나섰다.

알록달록한 놀이방 밖은 콘크리트로 된 황량한 느낌의 복도였다. 상담 초기에는 상담실에서 나와 복도에서도 아이는 황새걸음으로 성큼성큼 걸었다. 놀이방을 나와서도 아이는 여전히 화장실 사무라이였던 것이다.

그런데 점차 등이 구부정해지고 걸음걸이에도 힘이 빠져 보였다.

"왜 그러니?"

너무 일부러 그러는 티가 나기에 내가 물었다.

"화장실 사무라이 변신이 막 끝났거든요."

아이는 복도에서 변신이 풀리는 놀이를 하고 있었다. 엄마를 소생시킬 수 있는 놀이방에서 엄마가 없는 현실로 가는 길목에 그 복도가 있었다. 그런 현실을 받아들이기 시작하면서부터 아이는 현실이 고통스러워 집에 가지 않으려 했다는 걸 그때 알았다.

그리고 지금 아이는 또다시 이렇게 변신이 풀리는 놀이를 하며 슬픔으로 무거워진 몸과 마음을 앞으로 나아가게 하려고 애쓰고 있다는 것도. 그래서 똥쟁이 남자도 심리학자로 천천히 변신을 풀며 아이 옆에서 같은 속도로 걸었다. 대기실에서는 아빠가 기다리고 있었다.

현실 희석시키기

산다는 건 변신의 연속이다. 우리는 여러 개의 자신이 있고 다른 방에서 다른 상대와 있을 때 다른 자신으로 변신한다. 신데렐라처럼 마법에 걸렸다 풀렸다를 반복하면서 살아가는 것이다. 하지만 밤 12시에 울리는 종소리에 한순간 마법이 풀려 버린다면 신데렐라도 아연실색할 것이다.

눈부신 공주가 초라한 재투성이의 소녀로 돌아왔을 때의 그 상실감은 너무 잔혹하다. 그 아이도 그랬을 것이다. 엄마의 갑작스러운 죽음이라는 고통스러운 현실을 쉽게 받아들일 수 없었을 것이다. 술과 달리 현실의 원샷은 그리 좋지 않다.

그래서 복도가 필요하다. 복도는 변신을 위한 장소다. 신데렐라는 복도에서 반은 귀족, 반은 재투성이 소녀인 상태로 유리 구두를 잃어버릴 시간적 여유를 가질 수 있었다. 나에게 있어 복도는 반은 즐거운 교수회이자 반은 고독한 연구실이기에 시답잖은 불평을 할 수 있는 공간이다.

아이 역시 복도에서 엄마를 부활시키는 화장실 사무라이이기도 했고, 엄마를 잃은 유치원생이기도 했다. 그 애매한 이중성이 가혹한 상실감을 잠시나마 어루만질 수 있게 해 주었다. 복도는 그렇게 현실을 희석시키는 역할을 한다.

조금 더 덧붙이면 꼭 물리적 복도가 아니라도 좋다. 소년은 황량한 콘크리트를 변신의 공간으로 바꿔 놓았다. 온라인 연구회가 끝나면 라인LINE(모바일 메신저)으로 잡담을 할 수도 있고 친한 사람들에게 내 심정을 담은 단카를 메일로 보낼 수도 있다. 이런 행동들은 우리 마음에 복도가 되어 준다. 거기서 하는 행동은 모두 놀이다. 놀이를 통해 마음에 복도가 생기는 것이다. 그렇게 우리는 매일 고독과 관계 사이를 오가고 있다. 그리고 사람 냄새 나는 일은 대체로 복도에서 일어난다.

PART 2

여름

후보 선수의 품격

✳

올여름에는 고시엔甲子園(전국 고교 야구 선수권 대회)이 열리지 않는다. 이보다 슬픈 일은 없다. 나는 올림픽, 월드컵, 일본 야구 시리즈에는 거의 관심이 없지만 고시엔만큼은 다르다. 그중에서도 오키나와 대표전은 빼놓지 않고 응원해 왔는데 올해는 중단됐다. 아, 뜨거웠던 여름이 그립다. 찬스 때마다 울려 퍼지는 응원곡 '안녕하세요, 아저씨ハイサイおじきん'(오키나와 현 출신 뮤지션 기나 쇼키치의 대표곡이자 오키나와 팀의 응원곡—옮긴이)를 연주하는 트럼펫 소리, 스탠드를 가득 메운 응원단의 녹색 물결, 메가폰을 들고 춤을 추거나 벤치에서 목청이 터져라 소리를 질러 대는 후보 선수들…….

그렇다. 고시엔의 백미는 후보 선수들이다. 난 시합의 승부보다도 후보 선수들의 속마음이 궁금해서 견딜 수가 없다.

주전 선수가 부상당하지 않기를 기도하고 있을까? 팀이 일찌감치 져서 빨리 집에 가 파워프로(인기 야구 게임)나 했으면 좋겠다고 생각하는 건 아니겠지? 그런 생각을 하는 자신은 인간으로서 끝났다며 자책하고 있는 건 아닐까? 이런 생각을 하다 보면 나도 모르게 TV에다 대고 부르짖게 된다.

"파이팅! 너희는 인생에서는 후보 선수가 아니란다!"

물론 그들도 알고 있을 것이다. 고시엔에 출전할 정도로 명문고 선수들인데 모를 리 없다. 그리고 아무리 후보 선수라 해도 그런 한심한 생각을 하고 있을 리 없다. 하지만…… 그래도…… 혹시? 하는 생각이 머리에서 떠나지 않아 서글프다. 고시엔은 나에게 그런 존재다.

이렇게 된 데는 내가 중학교 때 야구부 후보 선수 출신이었던 영향이 크다. 질풍노도의 시기인 사춘기 때 상처받기 쉽고 고귀했던 내 영혼은 시합 때마다 영락없이 벤치를 따뜻하게 데우는 데 소모됐다. 마치 대용량 핫팩 같은 영혼이었다. 그리고 한편으로 나는 '이런 후보 선수 시절 근성이 그대로 녹아 있는 대용량 핫팩 영혼이야말로 나를 심리학자라는 직업으로 이끌었다.'라는 가설을 주장하는 바이다.

퉁퉁이와 철사

"후보 선수 시절을 경험하지 못한 심리학자는 인정할 수 없다!"라고 외치고 싶지만, 틀림없이 르상티망ressentiment(원한, 복수감—옮긴이) 때문에 과격해진 것도 사실이니, '심리학자와 후보 선수는 영혼의 저 밑바닥에서 서로 통하고 있다.' 정도로 가설을 정리할까 한다. 물론 근거는 있다.

대학원생 시절에 연구회에서 여름에 오키隠岐로 MT를 간 적이 있다. 장소를 굳이 오키로 정한 것은 유배에 관심이 있었기 때문이었는데, 지금 생각하니 그게 심리학과 무슨 상관인지 도통 영문을 모르겠는 걸 보면 그저 어딘가 멀리 가고 싶었던 게 아닌가 싶다.

이유야 어찌 됐든 오키에 도착하자 너무 더워서 유배지를 돌아보기로 했던 계획은 일찌감치 접고, 숙소에서 TV로 고시엔을 보기로 했다. 해가 저문 뒤에는 오키산 소고기와 지역 해산물을 푸짐히 먹고 이불 속으로 들어가 동이 틀 때까지 후배들과 대학원 선배들의 뒷담화를 했다.

사건은 몽롱한 상태에서 집으로 가는 길에 일어났다. 우리는 요나고에서 오카야마로 향하는 특급열차 야쿠모을 타고 있었다. 숙취와 여행 뒤의 피로감과 더불어 여행이 끝나가는 것에 대한 아쉬움 때문인지 다들 기분이 다운돼 있었다.

"지금까지 털어놓지 못한 게 있는데 들어주시겠어요?"

몸집이 도라에몽에 나오는 만퉁퉁을 닮은 후배가 갑자기 알 수 없는 표정을 지으며 말을 꺼냈다.

"뭔데? 말해 봐."

창밖으로 스쳐 지나가는 깊은 산들을 바라보며 내가 말했다. 꽤 댄디해 보였을 것이다. 퉁퉁이는 심호흡을 하고는 입을 열었다.

"저…… 실은 후보 선수였어요."

너무 무거운 고백에 아무도 입을 떼지 못했다.

"감독님한테 엄청 아양 떨었어요. 그때는 정말이지 어떻게 감독님 눈에 들지만 생각하며 살았어요. 그런데 결국 한 번도 시합에 내보내 주지 않더라고요. 팀원 중에서 저만요. 저만 항상 유니폼이 깨끗한 채 집으로 돌아갔어요……."

동글동글한 눈에 눈물이 그렁그렁했다. 후배가 너무 가여워서 선배로서 더 이상 가만 있으면 안 되겠다는 생각에 입을 떼려는 순간 옆에 앉아 있던, 철사처럼 깡마른 후배가 먼저 말을 꺼냈다.

"너만 그런 거 아니야."

목소리가 굵직했다.

"나도야. 그런데 나는 딱 한 번 시합에 나간 적이 있어. 벤치에 앉아서 누구든 좋으니까 제발 부상 좀 당해라, 하고 기도를 했더니만 우익수를 맡았던 녀석이 정말로 부상을 당한 거야. 그런데 막상 그라운드에 서니까 다른 걸 기도하게 되더라. 제발 볼이 이쪽으로 오지 않게 해 주세요, 하고. 그런데 온 거지. 크고 깨끗한 플라이볼이었어."

우리는 침을 꿀꺽 삼키고 이야기에 빠져들었다.

"심장이 벌렁벌렁하고 다리가 후들거려서 그 자리에 그냥 얼어붙어 버렸어. 볼은 내 머리 위를 넘어서 장내 홈런이 됐고."

철사가 부들부들 떨자 통통이가 철사의 어깨에 손을 살포시 갖다 댔다.

"이런 우연이 있나?"

나는 댄디함을 잃지 않으려 애썼지만 목소리가 그만 삑사리가 나고 말았다.

"나도 후보 선수였어."

한번 입을 열자 말이 속사포처럼 쏟아져 나왔다. 줄곧 벤치에서 시합을 봤던 일, 빨리 집에 가서 파워프로를 하고 싶어 콜드 패(기상 이변 등 어쩔 수 없는 상황으로 인해 경기를 중단하고 그때까지의 점수로 승패를 결정해 패한 것) 하기를 바랐던 일, 그랬더니 정말 콜드 패 했던 일······.

"그게 마지막 대회였거든. 콜드 패가 결정되자마자 에이스가 바닥에 털썩 주저앉아 우는 거야. 그러니까 팀원들도 모두 따라 울면서 마운드로 달려 나가더라고."

그런데 나는 그때 하나도 슬프지 않았다. 오히려 이제 내일부터 방에서 에어컨 틀어 놓고 마음 편히 고시엔을 볼 수 있다는 생각에 얼마나 들떴는지 모른다.

"다들 우는데 나만 웃고 있으면 이상하잖아."

퉁퉁이와 철사는 촉촉이 젖은 눈으로 나를 뚫어지게 봤다. 그때 눈물의 특급열차 야쿠모는 터널로 들어섰다.

"나…… 그때 우는 척했잖아. 눈물 한 방울 안 나오는데 눈물을 훔치는 시늉을 하면서 마운드까지 달려갔다니까. 그때 내 영혼은 사망 선고를 받은 거야."

후보 선수는 사람인가 아닌가

"선배님, 진짜 그렇게 안 봤는데……."

철사가 말했다.

"아, 제가 선배 모교의 스쿨 카운슬러를 했어야 했는데. 그런 고독은 혼자 끌어안고 있으면 안 돼요."

"선배, 진짜 최악이에요!"

퉁퉁이가 눈물을 흘리며 울부짖었다.

"최악이지만 그런 게 사람 아닐까요?"

"야, 후보 선수가 사람이냐?"

나는 생각하는 것조차 두려워서 줄곧 눌러 왔던 질문을 툭 내뱉고 말았다. 둘은 비통한 표정으로 고개를 저었다.

"음…… 모르겠어요."

무거운 침묵 끝에 퉁퉁이가 중얼거렸다.

"…… 사람이란 뭘까요?"

아무도 대답하지 못했다.

그때 우등석 쪽에서 교수님이 오셨다.

"무슨 이야기 중인가?"

아, 원고지가 다 찼네. 왜 병아리 심리학자들은 죄다 후보 선수였던 걸까. 이 신비하기 짝이 없는 질문에 대한 답은 다음에서 밝혀진다.

후보 선수의 마음

$*$

앞에서 대학원생 시절에 후배들(퉁퉁이와 철사)과 MT를 갔다가 돌아오는 열차 안에서 하필이면 죄다 중학교 시절 야구부 후보 선수였다는 사실을 처음 알고, 다같이 하염없이 눈물을 흘리고 있을 때 우등석에서 교수님이 우리 쪽으로 왔다는 이야기까지 했었다.

"무슨 이야기 중인가?"

너구리를 쏙 빼닮은 교수님이 물었다. 감독에게 어떻게든 잘 보이려 아양을 떨던 후보 선수 시절로 영혼까지 돌아갔는지 나도 모르게 교수님에게 아양을 떨고 있었다.

"감독님 귀에 거슬릴 만한 이야기는 아니옵니다. 저희 세 사람, 알고 보니 모두 예전에 후보 선수 생활을 했다는 시답잖은 이야기를 하고 있었을 뿐이옵니다."

너구리 교수님은 커다란 배를 쓰다듬으면서 느물느물
웃고 있었다.

"그래? 재미있고만…… 이거 우연인가?"

후보 선수 셋은 숨을 죽였다. 세 명의 병아리 심리학자가
모두 후보 선수였다. 심리학 교수님 입장에서 보면 뭔가 깊은
뜻이 있다는 말씀이신가?

"설마…… 운명……인가요?"

퉁퉁이가 막 던졌다.

"아니지."

너구리 교수님은 페트병에 든 교쿠로(일본 녹차의 일종—
옮긴이)를 꿀꺽꿀꺽 마셨다.

"전원이지."

전원? 창밖을 보니 특급열차 야쿠모는 깊은 산속을 지
나고 있었다. 전원田原이 아니었다. 너구리 교수님이 자신 있
어서 한 아재개그일 텐데 전혀 짐작도 가지 않았다. 교수님이
답답해하는 눈치였다.

"베토벤이잖아!"

교수님 말에 우리는 일제히 전율했다. 과거 감독의 기분
을 상하게 했을 때의 트라우마가 주마등처럼 스쳐 갔기 때문
이다. 빨리 알아채지 못하면 찍힌다는 생각에 머릿속이 하얘
졌다. 그때였다. 머리 좋은 철사가 겨우 눈치를 챘다.

"교향곡이요! 운명 교향곡과 전원 교향곡! 아, 진짜 교수

님, 천재이십니다!"

교수님의 눈이 어느새 실눈이 됐다. 기분이 다시 좋아진 것 같았다. 그러더니 날카로운 한마디를 던졌다.

"후보 선수는 말이야, 항상 세상을 밖에서 바라보지 않나?"

세상을 밖에서 바라보다

후보 선수는 세상을 밖에서 바라본다. 그렇다. 후보 선수는 세상의 방관자다. 나는 항상 벤치에서 시합을 봤다. 주전이 되지 못해 주전들을 밖에서 봐야 했다. 그리고 딱히 할 일이 없다 보니 주전들이 어떤 생각을 할까 공상하곤 했다.

"그래서 우리가 심리학을 하고 있는 건가?"

나는 긍정적으로 해석했다.

"후보 선수는 심리학에서는 슈퍼 엘리트 아냐? 생각해 봐. 주전들이 몸을 움직이고 있을 때 우리는 계속 마음만 움직이고 있었잖아."

그러자 통통이가 한마디 거들었다.

"맞아요. 전혀 다른 걸 단련하잖아요. 저도 줄곧 감독님 마음만 읽었거든요. 이건 틀림없이 하늘이 주신 천직이에요."

후보 선수 하길 잘했다! 우리는 순식간에 깊은 행복감에 휩싸였다. 힘들었던 그때가 있었기에 지금의 우리가 있는 것이다. 많은 일들이 있었지만 우리는 지금 해피엔딩인 것이다.

"그런데 너는 한 번도 시합에 못 나갔잖아. 그럼 감독의 마음을 못 읽은 거 아냐?"

철사가 괴로운 표정을 지으며 툭 내뱉었다.

다시 무거운 침묵이 흘렀다. 그러자 퉁퉁이가 훌쩍훌쩍 울기 시작했다. 특급열차 야쿠모는 터널로 들어가려 하고 있었다. 교수님은 피식피식 웃고 있었다.

"자네들 말이야, 미시마 유키오의 소설을 읽은 적 있나? 그건 후보 선수들의 문학이라네."

나는 그의 팬인데 그의 작품 중에서도 특히 《금각사》를 좋아했다. 세상을 밖에서 바라보는 주인공의 이야기다. 주인공은 사람을 무서워한다. 상처 받는 것이 무서워 사람을 사귀지 못한다. 항상 소외감을 느낀다. 그래서 금각사를 불태우고 그 안에서 죽으면 세상과 섞일 수 있지 않을까 하는 기묘한 생각을 키워 간다.

"세상을 밖에서 본다는 건 세상을 두려워하고 있다는 방증이야."

너구리 교수님의 말에 퉁퉁이가 뭔가 깨달은 듯 말했다.

"저, 공이 무서웠어요. 《캡틴 츠바사》(일본의 축구 만화—옮긴이)에서 봤은 친구라고 했잖아요. 하지만 저는 공은 폭력이라고 생각했어요. 솔직히 맞으면 아프잖아요."

나와 홀쭉이는 합창을 했다. "나도!!"

공이 무서웠다. 아니, 공만이 아니었다. 감독도 무섭고 팀원들로부터 따돌림을 당하는 것도 무섭고, 시합에 나가 실수를 하는 것도 무서웠다. 그리고 이런 것을 무서워하는 자신을 사람들에게 들키는 건 더 무서웠다. 겁쟁이인 자신이 창피하고 비참했기 때문이다. 그래서 애써 태연한 척하고 벤치에 앉아 있었다.

왜 후보 선수들은 심리학자가 되려 한 걸까? 감독의 마음을 읽고 있었기 때문이 아니다. 세상 속으로 들어가고 싶다고 마음속 깊이 염원했기 때문이다. 인간관계를 맺고 마음에 대해 이야기를 나누는 이 직업은 겁이 많고 여린 영혼들이 조심조심 세상 속으로 들어가는 것을 돕는 일인 것이다. 야구부를 그만두고 후보 선수 딱지를 뗀 지 오래지만, 우리의 영혼에는 후보 선수라는 상처의 흔적이 남아 있어 이를 이용해 후보 선수 같은 영혼을 치유하는 일을 하고 있던 것이다.

"후보 선수면 어때? 좋은 심리학자가 되자고."

교수님이 댄디한 목소리로 말했다. 특급열차 야쿠모는 오카야마의 시가지로 들어서서 속도를 늦추기 시작했다.

벤치 워머스

"왜 모두가 주전이 될 수 없는 걸까요?"

침울한 분위기 속에서 철사가 툭 한마디 던졌다.

"자본주의 때문 아닐까?"

퉁퉁이가 적당히 받아쳤다. 그때 나에게 좋은 생각이 떠올랐다.

"언젠가 우리끼리 아마추어 야구팀을 만들자. 후보 선수가 없는 팀 말이야. 아니, 후보 선수만 있는 팀. 벤치 워머스."

"훌륭한 아이디어예요!"

퉁퉁이도 철사도 동의했다. 애초에 지금의 동아리 시스템 자체가 잘못돼 있는 게 아닌가. 어린 사춘기의 영혼을 후보 선수로 몰아넣다니 너무 비인도적이다. 후보 선수도 사람이다. 인권을 뭐라 생각하는 것인가!

모두가 주전이고 누군가에게 아양 떨 필요도 없는 민주적인 야구팀이 필요하다. 그래서 벤치 워머스인 것이다. 기운이 났다. 감독을 맡을 사람은 교수님밖에 없었다. 이렇게 깊이 후보 선수들의 고충을 이해해 주고 있지 않은가.

"교수님도 물론 후보 선수셨죠? 포지션은 뭐였어요?"

퉁퉁이가 물었다. 나도 교수님의 후보 선수 시절 에피소드를 듣고 싶었다. 벤치 워머스는 상처와 고통을 공유하는 케어의 공동체니까.

그러자 마치 기다렸다는 듯이 너구리 교수님이 이야기를 시작했다.

"육상부였는데 인터하이(전국 고등학교 종합 체육대회 — 옮긴이)에 출전했어. 아주 격전이었지."

뭐, 뭐라고요? 교수님!

"더운 여름이었어. 라이벌이 있었는데 말이야……."라며 너구리 교수님은 화려했던 청춘 이야기를 시작했다. 말도 안 돼. 심리학자는 모두 후보 선수였던 거 아닌가?

"지금 제정신이세요? 정신 차리세요!"라고 말하고 싶었지만, 교수님의 기분을 상하게 할 수는 없었다. 취업이 걸려 있고 무엇보다 대학원에서 눈 밖에 나 후보 선수 취급을 당하는 것만큼은 무슨 수를 써서라도 피해야 했기 때문이다. 그래서 열차가 멈출 때까지 우리는 비굴한 표정을 지으며 교수님 이야기를 경청했다. 그 시절 야구부 감독의 시답잖은 이야기에 귀를 기울이고 있었을 때처럼.

시간이 멈췄다

---

*

길고 긴 외출 자제 기간이 겨우 끝났다 싶었을 때 확진자 수가 다시 늘었다. 대학도 조금씩 문을 열 준비를 시작하면서 멈췄던 시간이 겨우 다시 시작되려던 순간이었던 만큼 맥이 확 풀렸다. 앞으로 이런 일이 얼마나 더 반복될까?

그러자 쥐를 우울하게 만들어야겠다는 생각이 들었다. 대체 그런 짓을 왜 하느냐고 할지 모르지만 세상에는 다양한 수요가 있다. 개발 중인 우울증 치료제가 잘 듣는지 동물 실험을 통해 확인할 때 우울증 걸린 쥐가 필요하다.

방법은 간단하지만 잔혹하다. 먼저 쥐를 수조에 빠뜨린다. 쥐는 한동안 필사적으로 허우적대다 어느 단계가 되면 "더 이상은 무리야, 찍." 하고 움직이지 않는다. 물론 쥐는 말을 못하니 어떻게 생각하는지는 모르지만, 자신의 힘으로 물

에서 빠져나오려는 노력을 멈추는 것은 사실이다. 절망했기 때문이다.

실험에서는 이 단계에 투약한다. 그런 다음 다시 다음 날 한 번 더 수조에 빠뜨리고 이번에는 움직이지 않을 때까지 얼마의 시간이 걸리는지 측정한다. 이런 식으로 약이 효과가 있는지를 검증한다(자세한 내용은 가토 다타후미의《동물에게 우울은 있는가?動物に「うつ」はあるのか》를 참고하기 바란다).

쥐의 마음이 이해가 간다. 우리가 아무리 허우적대고 외출을 자제해도 코로나19는 사라지지 않는다. 시간은 앞으로 흐르지 않고 한자리를 계속 맴돌고 있다. 그리고 보니 기온은 올랐는데 전혀 여름 같지 않고 봄에 대한 기억도 가물가물하다. 시간이 멈춰 버렸다. 그러니 더 이상은 무리야, 찍.

회복의 주문 '호이미'

눈썹이 유난히 얇았던 그 30대 남자는 혹독한 직장에서 특히 더 혹독하게 일해 온 전사였다. 그가 처음 상담을 받으러 왔을 때는 완전 위축돼 있었다. 불안과 초조가 머릿속에서 잠시도 떠나지 않아 잠도 자지 못하는 상태였다. 그런데도 그는 직장에서 계속 전사로 남기 위해 상담을 받으러 온 것인데, 내가 보기엔 도저히 일을 계속 할 수 있는 상태가 아니었다. 그래서 의사의 진단서를 받는 게 좋겠다고 말하고 심료내과(심신의학과—옮긴이)를 소개해 줬고, 그는 바로 진단을 받아 휴직에 들어갔다. 전사에게 필요한 건 휴식이었다.

그런데 그는 쉬는 게 힘든 사람이었다. 회사는 가지 않았지만 마음은 쉬지 못했다. 나만 쉬어도 되나, 하는 생각에 불안과 초조는 더 심해졌다. 결국 집에 있어도 일과 관련된 책만 읽었고, 어느 순간부터는 죄책감에서 벗어나기 위해 아예 다른 직장으로 옮기려고 회사를 알아보기 시작했다. 전사의 시간은 휴직을 해도 멈추지 않았다.

"쉬는 것도 더 이상 못하겠어요. 어떡하면 좋을까요?"

그는 매우 난처해했다.

"쓸 데 없는 걸 좀 해 볼까요?"

내가 제안했다.

"요즘은 스마트폰으로 드래곤 퀘스트(일본의 국민 RPG게임—옮긴이)를 할 수 있어요. 일단 레벨을 올려 보죠."

"제 레벨은 떨어졌지만 그러죠, 뭐. 옛날에 드래곤 퀘스트 좋아했거든요."

그가 쓴웃음을 지으며 마지못해 대답했다.

그는 곧 드래곤 퀘스트에 빠졌다. 자나 깨나 몬스터를 무찌르느라 여념이 없었다. 그 시간만큼은 일을 잠시 잊을 수 있었고, 불안과 초조의 폭풍도 그쳤다. 휴식을 취할 수 있게 되자 불면증도 서서히 좋아졌고 잃었던 식욕도 차츰 돌아왔다. 생활의 리듬이 잡히기 시작한 것이다.

하지만 그때부터 진짜 힘든 시간이 시작됐다.

"시간이 멈춘 것 같아요."

단조로운 일상이 계속되다 보니 사회에서 고립되는 것 같다, 사회에는 내가 있을 곳이 없고 내 미래가 전혀 보이지 않는다는 생각이 들어 죽고 싶다며 힘들어했다. 그때까지 초조함에 억눌려 있던 '우울감'이 드디어 모습을 드러낸 것이다. '앞으로 계속 이러면 어떡하지?' 하는 생각에 그는 절망하고 있었다.

우리는 이야기를 계속했다. 그가 다닌 회사는 어떤 곳이고 어떤 식으로 일해 왔는지, 그리고 뭘 하고 싶고 뭘 하고 싶지 않은지……. 그러다 그는 '왜 나는 전사가 됐을까?' 하는 의문을 갖기 시작했다.

"저는 '호이미'를 몰랐어요."

그는 슬픈 표정으로 말했다. 호이미는 드래곤 퀘스트의 회복 주문이다.

"싸우기만 하는 전사는 언젠가 반드시 죽잖아요."

측은했지만 그래도 멈춘 시간 속에서 그는 조금이나마 자신을 알게 된 것 같았다.

시간은 천천히 움직이기 시작했다. 우연한 기회에 회사 동료로부터 한번 만나자는 연락이 왔고 그는 그 자리에 나갔다. 그러자 바람이 솔솔 불어오기 시작했다. 인사과에서 연락이 와 상사와 면담한 다음 복귀 날짜가 결정됐다. 어찌 보면 이전과 다름없이 사회의 소용돌이가 밀려와 그를 삼켜 버린 셈이다. 하지만 그는 이전과는 조금 달라졌다. 적당히 요령을 피울 수 있게 됐기 때문이다. 호이미를 외운 것이다.

"조금 달라지셨네요."

"드래곤 퀘스트에서 호이미를 쓸 줄 아는 승려로 이직했거든요. 그 대신 현실에서는 이직하지 않고 조금 더 버텨 보려고요."

그가 웃었다.

끈질기게 기다리는, 그런 여름

마음이 회복될 때는 시간이 멈추는 단계가 있다. 그전에 그럴 만한 환경을 만들어 줘야 한다. 경제적인 지원이 필요한 사람도 있고, 위험한 환경에서 벗어나기 위해 혼자 살 수 있는 집이 필요한 사람도 있다. 전사에게는 휴직이 필요했고, 쥐는 수조에서 끌어올려져야 했다. 바깥세상을 안전하게 만들어 폭풍으로부터 몸을 지키는 것이 첫 번째 해야 할 일이다.

그렇게 폭풍이 잦아들면 잔잔한 시간이 찾아온다. 바람이 그치고 시간이 멈춘다. 그때 우리는 문득 자신을 돌아보고 철저히 혼자가 된다. 비로소 자기반성이 가능해진다. 차분히 자신에 대해 생각할 수 있게 된다. 이것이 쥐와 다른 점이다. 우리는 멈춘 시간에서 과거를 되돌아보고 미래를 생각한다. 지난 역사에서 배우면서 아주 조금이나마 자신을 바꿀 수 있다.

물론 멈춘 시간은 만만치 않다. 그럴 때 우리는 고독하고 앞이 보이지 않아 방향을 잃곤 한다. 코로나19가 언젠가는 끝나리라는 건 알고 있다. 하지만 그게 '언제'인지 몰라 괴롭다.

그래도 기다려야 한다. 억지로 시간을 움직이려 하지 말고 시간이 움직이기를 기다려야 한다. 사회는 언젠가는 움직여 다시 우리를 끌어들일 것이다. 상황을 지켜봐야 한다. 결국 그게 멘털 케어의 마지막 비법이 아니었을까.

수조 옆에서 끈질기게 기다리는, 그런 여름이다. 〈주간 문춘〉도 다음 주는 여름휴가다. 연재 전사도 잠시 쉬어 간다.

지켜봐 준다는 것

*

까무러칠 만한 대사건이 일어났다. 세상에나! 후지코 후지오A 씨로부터 편지를 받은 것이다. 언젠가 이 연재에서 그의 만화《만화길》에 대해 쓴 것을 본 모양이었다.

거장이다. 물론 모두가 인정하는 거장이지만 나에게는 영웅과 같은 큰 거장이다. 사춘기 시절《만화길》를 몇 번 읽었는지 모른다. 당시 갖고 있던 만화 중에서 20년이 지난 지금도 책장에 고이 모셔 놓은 것은《만화길》과《헌터×헌터》뿐이다.

그런 큰 거장이 내 연재를 읽은 것이다. 야호! 이러니 흥분하지 않고 배길 수 있겠는가. 친척들한테 자랑을 하고 다녔더니 초고령인 할머니가 너무 감격하신 나머지 무려 20년 만에 용돈을 주셨다. 거장 덕분에 지금 나는 열광의 도가니다.

역시 일흔이 넘은 대선배들에게는 편지를 보내는 문화가 있다는 게 멋졌다. 거장뿐 아니라 우리 업계 원로들도 내 논문이나 에세이를 어쩌다 보게 되면 가끔 짧은 감상을 엽서에 적어 보내 주곤 한다. 생각지도 못한 곳에서 누군가가 나를 지켜봐 주고 있다는 게 당연히 기쁘다. 세상에 이보다 더 격려가 되는 것이 또 있을까. 먼 곳에서 날아드는 편지에는 인생을 지탱해 주는 힘이 있다.

칭찬은 어렵다

딸의 등교 거부 문제로 고민하는 어머니를 상담한 적이 있다. 아이는 중학교 2학년쯤 됐을 때부터 사람들이 무섭다며 학교에 가지 못했다. 그로부터 1년간 어머니와 나는 매주 만나 아이를 어떻게 하면 좋을지에 대해 상담해 왔다.

딸과 엄마의 관계는 매우 어려웠다. 어머니는 아이가 걱정되는 마음에 함께 산책도 하려 해 보고, 가정교사를 붙여 보려고도 하는 등 다양한 노력을 했다. 하지만 모두 뜻대로 되지 않았다. 아이는 대인 불안증이 심했고, 어머니는 그런 아이를 이해하지 못했다. 모녀는 계속 어긋났고 서로에게 상처를 주고 있었다.

그러다 아이가 밤마다 셀카를 찍어 SNS에 올리고 있다는 사실을 알게 됐다. 아이는 예쁜 옷을 입고 살짝 화장을 한 자신의 모습을 공유했다. 얼굴도 이름도 모르는 사람들이 거기에 '예쁘다'는 댓글을 남기고, '좋아요'를 눌렀다. 위험천만한 일이었다. 하지만 아이는 거기에서 마음의 위로를 받고 있었다. 모든 사람과 단절된 생활 속에서 자신의 가치를 느낄 수 있는 건 그때뿐이었다.

어머니는 당장 스마트폰을 빼앗았고 이 일로 둘 사이는 더 험악해졌다. 그때 어머니는 한 가지 깨달았다.

"아이가 자신감이 없었네요."

그리고 육아에 쫓기며 정신없이 살았던 과거를 돌이켜 봤다.

"생각해 보니 저는 그 아이를 제대로 칭찬한 적이 없는 것 같아요."

그때부터 어머니는 필사적으로 아이의 좋은 점을 찾아 기회가 있을 때마다 아이에게 말해 주었다. 그릇을 치워 줬을 때, 평소보다 일찍 일어났을 때, 그리고 학교에 가고 싶지 않았을 텐데도 가려고 애썼던 사실에 대해…….

아이를 주의 깊게 지켜보며 칭찬을 아끼지 않았다. 하지만 이도 잘되지 않았다. 아이는 이전과 다른 엄마의 행동을 순수하게 받아들이지 않았고, 자신을 학교에 보내기 위해 수를 쓰는 것이라고만 생각했다.

"그만해! 기분 나쁘다고!"

불신은 생각보다 강했다. 어머니는 코너에 몰려 절망해 갔다. 이 무렵 아이가 다시 셀카를 SNS에 올리고, 연상의 남자와 메시지를 주고받고 있다는 사실을 알게 됐다.

어머니는 절망의 늪에 빠졌다.

"제 잘못이에요. 항상 제 생각만 하고 딸의 마음은 헤아리지 못했던 거예요."

펑펑 우는 어머니를 보며 내 마음도 아팠다. 하지만 그건 사실이 아니었다. 왜냐하면 지난 1년간 어머니는 정말 열심히 아이를 지켜봤기 때문이다. 요령은 부족했지만 매주 빠짐없이 상담을 받으러 와서는 아이에 대한 이야기를 나누지 않았던가.

"그래도 이제는 딸의 아주 작은 변화까지 보시잖아요."

그녀는 고개를 저으며 계속 울었다. 면담이 끝날 즈음 그녀는 머뭇거리며 내게 물었다.

"선생님 눈에는 정말 그렇게 보이세요?"

"네, 믿기지 않으시겠지만요." 그리고 한 마디 덧붙였다.

"그건 아마도 따님이 어머님을 믿지 못하는 것과 같은 걸지도 몰라요."

어머니는 잘 버텨 주었다. 아이의 작은 변화를 계속 지켜보면서 바뀌려 애쓰는 아이의 노력을 곁에서 계속 칭찬했다. 아이도 점차 엄마의 이런 모습을 거부하지 않게 됐다. 그리고 나중에서야 처음엔 쑥스러워서 그런 거라고 털어놓았다. 아이의 눈에도 엄마의 노력이 보였던 것이다. 이런 이야기를 나누며 모녀는 오랜만에 함께 웃었다고 한다.

잘 지켜봐 준다는 것

'누군가 나를 지켜봐 준다는 것'은 묘한 구석이 있다. 감시를 당하고 있다는 의미도 되고, 보호받고 있다는 의미도 된다. '감시당하고 있다'고 느끼는 경우가 더 많기는 하다. 사회는 냉혹하다. 잠시만 방심해도 야단을 맞고 실패에 대한 책임을 추궁당한다. 보여 주고 싶지 않은 면만 보여 주게 된다는 느낌마저 든다.

그런데 이따금 사회가 의외로 따뜻하다고 느껴질 때도 있다. 보여 줄 생각이 없던 것까지 잘 지켜봐 주고 있다고 느껴질 때다. 멀리서 날아온 편지도 그렇고, 모녀 사이에 일어났던 일들도 그렇다.

우리는 평소 자신의 나쁜 면은 감추고 살아간다. 사회에서 살아 내려면 어쩔 수 없는 측면도 있다. 문제는 좋은 점도 감추고 산다는 것이다. 엄밀히 말하면 자신의 좋은 점이 도저히 좋게 보이지 않아서 사람들에게 보이지 않는 곳에 숨겨 두고 그 존재를 까맣게 잊는 것이다.

그러다 어떤 계기에서건 잘 지켜봐 주는 누군가에 의해

발견될 때가 있다. 어머니가 딸을 걱정하고, 딸이 자신의 문제를 열심히 극복하려 했던 건 정작 자신들에게는 보이지 않았지만 밖에서는 보였다. 그리고 그게 "보인다."라고 말해 주면 그때 비로소 스스로도 실감하게 된다.

'누군가 나를 잘 지켜봐 준다는 것'은 매우 감사한 일이다. 어릴 때는 그리 어려운 일도 아니지만 어른이 된 지금은 쉽지 않다. 타인을 칭찬하는 일이 어려운 건 표현력이 부족해서가 아니라 '잘 지켜보는 것'이 어렵기 때문이다. 만약 우연히 타인의 좋은 점을 발견하게 된다면 솔직하게 말해 주자. 모두에게 행복한 순간이 될 것이다.

그래서 나도 거장을 본받아 앞으로는 편지를 자주 쓰려고 마음먹었다. 후배가 쓴 논문을 발견하면 지금까지는 이것이 논문을 썼네, 하고 질투심이 폭발했지만 앞으로는 그러지 않겠습니다!

"논문, 훌륭하더라."라고 댄디하게 편지 한 통 쓰기로 한다. 아, 멀리 계신 여러분, 여러분들도 저에게 댄디한 편지를 보내셔도 좋다는 사실을 여기에 밝혀 둡니다.

히죽히죽 곰돌이의 우르르 팡팡

✳

'툰 블라스트'라는 게임이 있다.

네? 모른다고요?

이런 게임은 모르면 안 된다. 부디 스마트폰으로 다운로드해 보기 바란다. 앱스토어에 히죽히죽 능글맞게 웃는 곰이 있을 것이다. 단, 잠깐 보고 바로 삭제해야 한다. 이게 중요하다. 여기에 한번 빠지면 머릿속이 온통 블록과 폭탄, 로켓으로 가득 차 이 책은 안중에도 없어질 것이기 때문이다.

여기까지 200자 정도 쓰는 동안 나는 벌써 이 게임을 열 번 이상 했다, 라고 한 문장을 쓰는 사이에 또 한 번 했다! 끊을 수가 없다. 아, 히죽히죽 곰돌이한테 내 뇌가 오염됐다. 블록을 깨는 매우 단순한 게임이다. 폭탄과 로켓을 합체시키면 소닉이 발생해 우르르 팡팡! 하고 한꺼번에 블록이 깨지는데 그 순간의 쾌감에 뇌가 짜릿해진다.

헬프 미! 이번 주는 스케줄 관리를 잘못해서 마감이 두 개나 겹쳤다. 지금 블록이나 깨고 있을 때가 아니다. 그런데 도 뇌는 우르르 팡팡에서 벗어나지 못하고 자꾸 스마트폰을 만지작거린다. 도저히 안 되겠다! 삭제해야 돼, 하고 결심하지만 히죽히죽 곰돌이가 내 뇌를 똑똑 하고 두드린다.

"우르르 팡팡! 할 때 기분 좋잖아, 히죽."

그러지 마, 나 진짜 바쁘단 말이야. 하지만 히죽히죽 곰돌이는 빈틈을 주지 않고 유혹한다. "바쁠수록 우르르 팡팡! 할 때 기분이 좋다고. 히죽히죽."

맞는 말이다. 뭔가에 쫓기니까 우르르 팡팡을 하게 되고 우르르 팡팡을 하니까 더 쫓기게 되는 악순환이다.

손목 긋기

명문 고등학교를 중퇴하고 편의점에서 아르바이트를 하던 젊은 여성이 심료내과 소개로 나를 찾아왔다. 손목을 긋는 자해 충동을 이기지 못해서였다. 그녀에게는 자기혐오가 있었다.

그녀는 '나는 성격이 나쁘고 못생겼어. 모두가 나를 싫어하니 나는 사라지는 게 나아.'라고 생각했다. 내가 실제로 만나 본 그녀는 어른스럽고 아름다웠지만, 정작 본인은 그리 생각하지 않았다. 자기혐오적인 생각이 치밀어 오를 때마다 손목을 그었고 그제서야 잠시나마 마음이 마비됐다.

인상적이었던 건 그녀는 간단한 질문에도 답을 잘 못한다는 점이었다. 평소 어떻게 지내는지 물어봐도 "평범해요."라든가 "괜찮아요." 정도로밖에는 대답하지 못하고 침묵하는 경우가 많았다.

자신의 기분을 다른 사람에게 말로 표현하는 것도 어려워했다. 그래도 시간이 지날수록 조금씩 화제가 늘어났다. 그리고 6개월이 지났을 무렵 그녀는 자신의 어머니 이야기를 꺼냈다. 그녀의 어머니는 커리어 우먼으로 순조롭게 경력을 쌓아 가고 있었다. 그뿐 아니라 가정에 무관심한 아버지와 달리 집안일도 완벽하게 해내고, 딸 교육에도 책임감을 갖고 열심이었다. 강한 사람이었던 것이다.

그래서인지 어머니는 딸이 왜 자기 부정감이 강한지 이해하지 못했다. 희망을 잃은 그녀가 고등학교를 중퇴했을 때도 어머니는 새로운 꿈에 도전하기 위한 것이라며 긍정적으로 받아들였다. 그리고 그녀가 집에서 과호흡 증세를 보였을 때는 "다 마음먹기에 달렸어."라며 강해지라고만 했다.

집에는 그녀의 나약함이 있을 곳이 없었다. 이는 고통스러운 일이었다. 그런데도 그녀는 자신이 엄마의 짐이 되고 있다고 자책했고 그게 괴로워 계속 손목을 그었다.

그 이야기를 한 다음 주부터 그녀는 상담을 받으러 오지 않았다. 연락도 없었지만 나는 기다렸다. 그녀가 다시 상담실 문을 두드린 건 꼬박 한 달이 지난 뒤였다.

"평범하게 지냈어요."

그녀는 아무 일 없었다는 듯이 말했다. '그녀를 고통스럽게 하는 게 이거구나.' 하고 나는 생각했다.

"지난번에 힘든 속내를 털어놓은 게 저를 힘들게 했을 것 같아서 괴로웠나요?"

그녀는 한동안 침묵했다.

"집에서 계속 손목을 그었어요."

그녀가 괴로워하며 말했다. 긴소매 아래로 아물어 가는 엷은 상처와 새로 생긴 빨간 상처가 눈에 들어왔다. 그녀는 자신의 고통을 스스로 해결할 수 있는 상황이 아니었다. 누군가의 도움이 절실히 필요했고, 도움을 줄 수 있는 건 어머니뿐이었다. 내가 어머니에게 도움을 요청하자고 말하니 그녀는 싫다고 했다. 힘들게 하고 싶지 않다는 이유에서였다. 여러 번 설득한 끝에 그녀가 마지못해 고개를 끄덕였다.

어머니는 딸이 자해한다는 사실에 충격을 받았다. 그때까지 모르고 있었던 것이다. 평소에도 딸의 마음을 이해하지 못해 어떻게 대하면 좋을지 몰라서 너무 힘들었다고 털어놓았다. 이게 전환점이 됐다. 물론 긴 시간이 걸렸다. 잘 기대지 못하는 딸과 케어에 익숙하지 않은 어머니는 여러 번 부딪쳤다.

하지만 이런 마찰은 두 사람이 함께 있을 수 있게 서로를 다듬는 작업이기도 하다. 천천히 두 사람은 서로에게 익숙해졌다. 그녀는 과호흡을 일으키거나 자해를 하지 않아도 엄마와 마음을 공유할 수 있게 됐다. 마지막에 만났을 때 그녀는 반소매 티셔츠를 입고 하얗고 아름다운 팔을 시원하게 드러내고 있었다.

마음속의 치료사

우리 마음속에는 치료사가 살고 있다. 이 치료사는 과로로 완전히 지쳤을 때 술을 마시거나 단것을 먹으라고 권한다. 나의 히죽히죽 곰도 그중 하나다. 마감이 겹쳐 시간에 쫓길 때는 우르르 팡팡 하고 블록을 깨면 속이 후련해질 거라고 유혹한다. 스스로 자신을 치유하는 것이다. 이런 것들은 분명 우리의 힘든 마음을 그 순간만큼은 마비시켜 준다.

아름다운 그녀의 자해도 마찬가지였다. 그녀의 자해는 고통스러운 심정을 지워 버리기 위한 수단이었다. 이럴 때는 자해만 못하게 한다고 해서 문제가 해결되지 않는다. 그건 오히려 고통을 해결하는 데 방해만 될 뿐이다. 그렇다고 그대로 두고 볼 수만도 없다.

알코올의존증이 그렇듯, 스스로 치유하려는 생각이 지

나치면 자신을 지배하고 망가뜨리게 된다. 이럴 때 해결책은 두 가지다. 하나는 작은 치유법을 몇 가지 준비해 두는 것이다. 효과 만점 치유법이 하나 있는 것보다는 살짝 도움이 되는 치유법이 서른 개쯤 있는 게 훨씬 안전하다.

다른 하나는 그녀가 그랬듯 용기를 내 타인에게 기대는 것이다. 스스로 자신을 치유하려 들지 말고 타인에게 치유받자. 마음속 치료사는 이걸 잘 까먹는다. 타인은 우리에게 상처를 줄 때도 있지만 도움을 줄 때도 있다.

여기까지 쓰는 동안, 툰 블라스트의 레벨이 30까지 올라갔다. 너무 많이 했다. 하지만 그새 같은 팀인 브라질 사람이 포인트를 나보다 세 배 더 모은 걸 보고 경악했다. 아, 이 사람도 히죽히죽 곰한테 완전히 넘어갔군. 무슨 힘든 일이라도 있나?

나는 왜 소속사를 떠나는
연예인 소식에 꽂힐까?

*

앞서 언급했지만 나는 마감공포증을 앓고 있어 일찌감치 원고를 써 두는 스타일이다. 이는 정신위생적으로는 여유를 가질 수 있어 좋지만 안 좋은 점도 있다. 원고가 게재될 쯤 되면 화제의 신선도가 부패하기 직전까지 떨어진다는 사실이다. 아마노하시다테(교토 북쪽에 있는 일본 3대 절경 중 하나—옮긴이)에서 달구지로 운반해 온 고등어 같달까.

그럼에도 쓰지 않을 수 없는 게 바로 인기 그룹 토키오 TOKIO의 나가세 도모야가 소속사 쟈니스(일본의 연예기획사)를 떠난다는 소식이다. 또 쟈니스 이야기냐고 핀잔을 들을지도 모르지만 어쩔 수 없다(너무 지나친 감이 있어 단행본에서는 과감하게 줄였습니다). 인생은 반복이다. 어제 속보가 나온 이후로 줄곧 나가세 도모야를 인터넷으로 검색하고 있다. 완전히 시간 낭비인 것이, 검색해 봐야 다 비슷비슷한 정보뿐이다. 무엇보다 내가 뭘 알고 싶은지도 실은 잘 모르겠다. 그런데도 멈출 수가 없다. 아, 내 노를 나가세 씨에게 맡겨 버리고 말았다(토키오의 노래 〈비행선飛船〉의 가사 중 '너의 노를 맡기지 마라'의 패러디―옮긴이)

내가 생각해도 이상할 노릇이다. 평소 쟈니스 뉴스를 꼼꼼하게 챙겨 보는 스타일도 아니다. 그런데도 소속 연예인이 쟈니스를 떠난다는 뉴스만 나오면 그 순간부터 내 노를 놓치고 만다. 이유가 뭘까? 곰곰이 생각하다가 여기에 사실 심리학의 핵심이 있는 게 아닐까 하는 깨달음이 왔다. 그래서 이번 주제는 '나는 왜 소속사를 떠나는 연예인 소식에 꽂히는 걸까?'가 됐다.

왜 같이 사는 거야?

"잠을 잘 못 자요."

우아한 노부인은 수면 시간도 충분하고 수면의 질도 나쁘지 않은 것 같았는데 불면증을 호소했다. 이야기를 자세히 들어 보니 잠들기 전에 잡념이 많이 생겨서 '잠을 못 잔다'고 느낀 것이다.

그녀는 잠들기 전 아버지와의 행복한 기억들을 떠올리

고 있었다. 어릴 적 마당에서 함께 나비를 좇던 일, 대학 입학식이 끝나고 레스토랑에 갔던 일……. 그녀는 왜 이제 와서 그런 사소한 기억들이 떠오르는지 모르겠다고 했다.

나도 처음에는 그 이유를 몰랐다. 그래서 일단 더 지켜보기로 하고 한동안 계속 만났다. 상담을 시작한 지 얼마 되지 않아 잠자기 전 잡념이 떠오르는 습관은 금세 사라졌다. 나는 특별히 한 게 없는데 그녀의 불면증이 나은 것이다.

하지만 그녀는 상담을 멈추지 않았다. 문제가 해결됐는데도 자신의 이야기를 계속 하고 싶어 해서 처음에는 좀 의아했다. 그녀는 유복한 가정에서 부족함 없이 자라 비슷한 수준의 집안으로 시집을 갔다. 남편은 다정했고 경제적으로도 여유로웠다. 아이들은 훌륭히 잘 자라 이미 독립했다. 지금은 정년퇴직한 남편과 둘이서 살고 있고 취미는 피아노다. 그리고 가끔 손자들을 봐 주는 것이 낙이라고 했다. 행복해 보였고 그녀 입으로도 여러 번 자신은 행복하다고 했다. 그런데 그녀는 왜 상담을 받으러 오는 걸까? 그걸 알 수 없어서 나는 마음 한편이 불편했다.

"우리는 무엇을 위해 여기 있는 걸까요?"

어느 날 이야기 중간에 솔직하게 물었다.

그녀는 정곡을 찔린 사람처럼 말을 잃었다. 뒤늦게 질문의 의미를 깨닫고 대답을 하기는 했지만 횡설수설하다 결국 분위기만 껄끄러워졌다. 그다음 주에 상담실은 찾은 그녀는 평소와 달리 심각한 표정을 짓고 있었다.

"선생님 말씀에 상처받았어요."

여기 오지 말라는 소리로 오해를 했던 모양이다. 그녀는 말을 계속 이었다.

"그래도 왜 여기에 오는지 생각해 봤어요. 지금까지 생각해 본 적이 없었더라고요."

그녀는 호흡을 가다듬고 괴로운 듯 쥐어짜며 말했다.

"저는 남편이 싫어요."

선을 보고 결혼했다. 아버지가 결혼 상대를 정했고 그녀는 "알겠습니다." 하고 따랐다. 그전에도 그랬고 그 이후로도 그랬다. 결혼 전에는 진학과 진로도 아버지가 정했고, 결혼 후에는 신혼집에서 육아 방침까지 남편이 모든 걸 결정했다. 두 사람의 노후도 이미 정해져 있었다. 이 자체는 행복한 일이었다.

하지만 그녀는 자신의 삶을 스스로 정해 본 적이 없었고, 왜 남편과 사는지에 대해 생각할 기회조차 주어진 적이 없었다. 자신을 그렇게 만든 남편도 아버지도 싫었다. 행복한 아버지와의 기억 뒤에는 그런 그늘이 있었다.

그날 이후 상담은 그녀의 마음과 마주하는 시간이 됐다. 심각하고 거친 시간이었다. 그녀는 자신의 인생은 껍데기뿐인 것 같다며 이야기를 이어갔다. 그리고 어느 날 드디어 그녀는 남편에게 직접 물었다.

"왜 나랑 같이 사는 거야?"

그녀의 남편은 생각지도 못한 질문에 크게 당황했고 그 이후로 부부 사이는 혼란스러워졌다. 다양한 문제들이 생겼다. 하지만 결국 두 사람은 그런 문제들에 대해 서로 이야기를 나눌 수 있었다. 그녀는 전보다 강해졌고, 남편은 성실한 사람이었다. 폭풍이 지나가고 두 사람은 다시 서로를 마주할 수 있게 됐다. 그런 뒤에야 상담도 끝이 났다.

"남편과 지금처럼 대화가 가능하다면, 앞으로 같이 살아도 괜찮겠다는 생각이 들었어요."

혼자가 될 때

우리는 평소 마음에 대해서는 생각하지 않는다. 예를 들어, 밴드 멤버들과 'LOVE YOU ONLY'를 열창할 때나 혹은 가족들의 도움을 받으면서 바쁘게 육아를 할 때, 주위 사람들에게 포근하게 둘러싸여 있을 때는 마음 같은 건 잊고 일하고 놀고 사랑하며 산다. 사실 그거면 충분하다.

그런데 종종 거기에 균열이 생긴다. 자식이 독립하고 남편이 정년을 맞아 마음에 공백이 생겼을 때 '왜 같이 사는 걸까?' 하는 의문이 스칠 수 있다. '이대로 쟈니스에 남는 게 과연 좋을까?' 하는 의문도 들 수 있다. 이렇게 가족이나 조직,

그룹, 즉 '모두'로부터 떨어져 혼자가 될 때 우리는 비로소 자신의 마음과 마주하기 시작한다. 나는 무엇을 하고 싶고 애초에 나란 어떤 존재인가? 하는 질문이 찾아온다.

나는 왜 소속사를 떠나는 연예인 소식에 꽂힐까? 거기에 '마음'이 있다고 생각하기 때문이다. 내가 검색으로 찾지 못한 건 나가세 씨의 마음이다. 그룹 토키오에서 탈퇴해 혼자가 된 나가세 씨를 상상하며 그 마음을 느껴 본다. 그리고 나가세 씨를 보내고, 주식회사 토키오를 설립하는 다른 멤버들도 각자 고독함 속에서 마음과 마주했을 것이라 상상해 본다.

마음은 고독에 머문다. 그래서 고독을 느끼는 연예 뉴스에 꽂히는 것이다. 심리학자라는 직업이 고독한 사람들이 있어야 장사가 되는 직업이라서 그런지도 모르겠다. 여러분은 어떤가. 사실 여러분도 TV 이면에 있는 고독한 마음을 예감하기 때문에 연예계 뉴스를 좋아하는 것 아닌가. 쟈니스를 떠난 연예인들처럼 우리도 '혼자'와 '모두' 사이를 오가며 살아가고 있다. 바로 그런 틈새의 시간에 마음은 모습을 드러낸다.

뇌 속 도지사와 여름 박쥐

*

특별한 여름이다. 고등학교 마지막 지역 예선에서 라이벌 팀에게 석패한 날 밤에 열린 불꽃놀이, 줄곧 짝사랑해 온 어릴 적 여자 친구와 우연히 마주친 그런 '특별한 여름'……이 아니라 오봉(일본의 양력 추석―옮긴이) 직전에 도지사가 갑자기 꺼내 든 그 '특별한 여름' 말이다. 귀성도 여행도 자제해 달라고 하니 얌전히 집에서 원고를 쓰며 지냈다. 아무리 생각해도 나는 양처럼 순종적인 것 같다.

그래도 저녁에 르누아르에만큼은 꼭 가야겠다고 생각했다. 지금 쓰고 있는 책이 늪에 빠져 커피숍에서 기분 전환을 하고 싶었다. 하지만 집을 나온 순간 잔혹하게 미소 짓는 뇌속 도지사가 말을 걸어 왔다.

"지금 '특별한 여름'을 지키고 있는 거 맞나요?"

"헐! 체온 체크도 했고, 마스크도 썼고, 그리고 르누아르는 좀 특별하잖아요!"

나는 당황해하며 머릿속으로 반론을 제기했다.

그러자 그는 "어머, 훌륭하시네요! 당신이 그리 생각하신다면야 그런 거겠죠." 하고 비아냥거렸다. 아, 하나를 보면 열을 안다고, 뇌 속 도지사가 나를 이렇게 감시하고 있으니 르누아르에 가는 건 포기했다. 다만 여름 분위기라도 느껴 볼 요량으로 숲이 있는 커다란 공원을 산책하기로 마음을 고쳐먹었다. 부모와 나온 아이들이 뭔가를 찾는지 이리저리 왔다 갔다 하고 있었다. 이런 도심에 장수풍뎅이라도 있나 하고 쳐다보는데, 어린아이가 크게 재채기를 하자 엄마가 황급히 달려가 마스크를 쓰라고 따끔하게 주의를 줬다. 불안이 전염된다. 해 질 무렵 공원에서도 뇌 속 도지사는 사라지지 않았다.

낮잠 자는 심리학자

젊을 때 초등학교에서 상담사를 한 적이 있다. 교실에 있을 수 없어서 상담실로 등교하는 아이들과 하루를 보내는 일이었다. 그때 키 작은 소년이 한 명 있었다. 그 아이가 교실에 적응하지 못하게 된 건 너무 성실해서였다.

"그건 하면 안 돼."라든가 "선생님이 말씀하셨잖아." 하고 반 친구들을 따라다니며 주의를 주다가 혼자 겉돌게 된 것이다. 나는 복잡한 가정환경 때문에 어디에도 마음을 붙이지 못해서 그렇게 됐을 거라 생각했다.

상담실에서도 아이는 성실했다. 다른 아이들은 각자 알아서 놀기도 했지만, 그 아이만큼은 오로지 교사가 내 준 과제만 했다. 그 아이와 내가 나누는 이야기는 공부에 관한 이야기거나, 공부 안 하고 장난치는 애들에게 주의를 주라는 호소가 대부분이었다. 잡담을 해 보려는 시도도 했지만 잘 먹히지 않았다. 교실에 가지 못하는 자신은 과제 이외의 것을 해서는 안 된다고 생각하는 것 같았다.

어느 날 출근했더니 상담실에는 그 아이밖에 없었다. 매우 난처한 상황이었다. 다른 아이들이 있으면 놀거나 수다를 떨 수도 있지만, 그 아이와 단둘이 있으면 할 게 없었다. 어떻게 하루를 보낼지 걱정이 앞섰다.

내 예감은 틀리지 않았다. 담담하게 과제를 계속 하는 아이를 지켜보는 것 외에 내가 할 수 있는 일은 아무것도 없었다. 그러자 졸음이 쏟아지기 시작했다. 몇 번 세수를 하고 와서 그 아이에게 트럼프를 하자고도 해 봤지만 들은 척도 하지 않았다. 그나마 오전은 그럭저럭 견뎠지만, 급식으로 카레를 먹은 다음부터는 한계가 찾아왔다. 분명 오후 과제를 하는 그 아이의 등을 보고 있었던 것 같은데 어느 순간 의식이…… 끊겼다…….

"선생님! 주무세요?"

그 아이의 목소리에 잠이 깼다.

"아냐, 안 잤어."

나는 바로 얼버무렸다.

"자는 척해 본 거야."

그러자 그 아이가 흥분했다.

"거짓말! 분명히 주무셨다고요! 선생님인데 그럼 안 되죠. 교장 선생님께 말씀 드리고 올게요!"

그렇게 말하고는 교장실로 달려갔다. 일이 커지고 말았다. 교장 선생님은 웃으시면서 괜찮다고 하셨지만 그 아이는 사람을 만날 때마다 "이 선생님은 일하는 시간에 잠을 자는 사람이야. 게다가 거짓말까지 해."라고 말했다. 나의 악행은 아이들과 선생님들뿐 아니라 학부모들에게까지 소문이 났다. 창피해서 정말 딱 죽고 싶었다.

그런데 이 사건 이후로 아이가 조금씩 바뀌기 시작했다. 과제하는 중간중간 친구들과 잡담을 하게 된 것이다. 나의 낮잠 사건을 전파하면서 주위 사람들을 웃기기도 하고, 급기야 과제를 하다가 졸기도 했다. 아이 안에 있던 뭔가가 풀어진 것이다. 이 경험은 그 아이로 하여금 다른 친구들과 함께 있을 수 있게 해 주었다. 그렇게 울타리는 점점 더 커져서 6개월 후에는 교실로 돌아가게 됐다. 가끔 복도에서 만나면 아이는 반가운 얼굴로 나에게 뛰어왔다.

"선생님, 머리가 그게 뭐예요? 또 자다 일어났어요?"

그러고는 하얀 이를 드러내며 웃었다.

마음속 단속반

누군가를 단속하는 건 자신이 마음속에서 단속을 받고 있기 때문이다. 앞에서 소개한 그 아이는 반 친구들을 따라다니며 주의를 줬지만, 실은 자기 자신에게 주의를 주고 있던 것이다. 그래서 근무시간에 자는 척(!)한 내가 그 사건 이후에도 아무 일 없었다는 듯 계속 일했던 게 그 아이에게는 새로운 경험이었을 것이다. 그건 불성실한 반 친구를 받아들이는 일이자, 자신의 불성실한 면을 용서하는 일이기도 했을 것이다. 불완전함을 받아들이지 못하면 우리는 타인과 함께 살아갈 수 없다.

그런 의미에서 우리는 지금 어려운 시기를 보내고 있다. 컨디션이 조금만 안 좋아져도 불안하고 마스크를 깜빡하고 외출하면 허둥댄다. 즐거워야 할 여름 휴가 때 공원에 나가 누가 재채기라도 하면 긴장한다. 누구랄 것 없이 모두 마음속에 도지사와 보건소 직원, 경찰들이 우글우글하기 때문이다.

조금 긴장을 푸는 것이 좋다는 건 다 알고 있을 것이다. 자신뿐 아니라 주변 사람들에게도 너그럽게 대하는 것이 당연히 좋다. 그런데 바이러스라는 냉엄한 현실 앞에 우리는 멈춰 서 버렸다. 역시 마음속 단속을 하는 게 나을 것도 같다. 어떡하면 좋을까. 심리학자인 나도 답을 모르겠다, 하고 있는데 아이들 목소리가 들려왔다.

"찾았다! 날아다녀!"

아이들이 하늘을 가리키며 소리를 질렀다.

"그러네!" 부모들도 흥분한 듯 보였다. 손가락 끝을 따라가 보니 늦은 여름 해질녘에 팔랑팔랑 나는 검은 그림자가 보였다. 장수풍뎅이가 아니다. 새도 아니다.

"박쥐다!"

아이들은 비말을 튀기며 소리를 질러 댔다. 나도 흥분됐다. 도심에 있는 공원에 박쥐가 날아다닌다니 대체 이게 무슨 일이래? 하고.

아, 여름이 끝나간다. 바이러스가 박쥐에게서 비롯됐다는 설이 있는데, 주범이 맞다면 다시 가지고 가 줬으면 좋으련만. 현실에서 그런 일이 일어날 리는 만무하고, 박쥐는 '특별한 여름'만 선사하고 가는구나, 하고 쓸데없이 감성에 젖은 내가 우스워서, 웃으면서 스마트폰으로 하늘을 찰칵찰칵 찍었다.

아라비안나이트 인 더 택시

*

심리학자다 보니 남의 이야기를 듣는 것이 생업이지만, 평소에는 언제나 마이동풍이다. 회의에 참석해도 다른 교수들의 예지 넘치는 의견이 죄다 염불로 들린다. 그럼 나도 모르게 감사한 마음이 들어 돌아가신 할아버지의 명복을 빌다가 어느새 회의가 끝나 버린다. 사람들이 뒤에서 나를 마이도하타라 부르는 이유다.

따발총 같은 입담으로 유명한 만담가가 대기실에서는 과묵한 거랑 같은 거예요, 프로란 원래 그런 거예요, 하고 해명하고 있지만 다른 심리학자가 회의 때 고인을 기리는 것을 본 적이 없어 무리수가 아닐까 싶다.

그런데 나의 마이가 예외가 되는 곳이 하나 있다. 바로 택시 안이다. 특히 심야 택시를 타면 나의 마이는 귀를 쫑긋

하는 아기 코끼리 덤보의 귀로 변신한다. 난 운전기사 분들의 이야기가 그렇게 재미있을 수가 없다. 손님이 택시 요금을 내지 않으려고 해서 실랑이를 했다는 이야기, 취객이 차 안에 토를 했다는 이야기, 가출한 소녀를 설득해 경찰서에 데려다 줬다는 이야기 등등. 듣고 있으면 택시라는 밀폐된 공간에서는 정말 다양한 사건들이 일어나는구나 싶다. 운전기사 분들은 디테일한 부분까지 재미있고 다채롭게 이야기하기 때문에 듣고 있으면 아주 즐겁다. 셰에라자드에게 천일야화를 듣는 왕이 된 기분이 든다. 진짜 아라비안나이트인 것이다.

유령과 돈

나는 괴담을 매우 좋아한다. 택시에 올라타면 행선지부터 말하고 바로 "혹시 무서운 이야기 아시는 거 있어요?" 하고 묻는 게 습관이 됐다. 모르긴 몰라도 아주 경박해 보일 것 같다.

경험상 괴담을 들을 수 있는 확률은 지역에 따라 차이가 있다. 도쿄 택시는 대부분의 경우 "네?" 하고 아주 황당하다는 표정을 짓는데 그럼 분위기가 나빠진다. 그럴 때는 일단 후퇴해 날씨나 경기 이야기로 얼버무린다. 그러다 분위기가 좀 좋아지면 "아, 혹시 무서운 이야기는 아시는 거 없어요?"

하고 재도전한다. 그럼 무거운 입이 열리면서 유령 이야기가 흘러나오는 경우도 아주 드물게 있지만 대부분은 "그런 거 없어요." 하고 냉대를 당하기 일쑤다.

가끔은 진상 취객과 시비가 붙은 이야기로 흐를 때도 있지만, 그건 '진짜 무서운 이야기'이지 괴담은 아니다. 도쿄의 밤은 너무 밝아 유령이 살 만한 곳이 없어서 그럴지도 모른다.

그런 점에서 오키나와는 훌륭하다. 적지 않은 운전기사들이 "있죠, 그런 쪽 이야기죠?" 하고 이야기보따리를 푼다. 분명히 손님을 태웠는데 뒤돌아보니 아무도 없었다는 아주 흔한 레퍼토리부터, 절대 사람이 있을 곳이 아닌데 흰 소복을 입은 사람이 손을 들고 있어서 주위를 둘러보니 묘지였다는 둥, 혹은 갑자기 이상해서 뒤를 돌아보니 고양이 시체가 있었다는 둥, 도통 무슨 말인지 알 수 없는 이야기까지 소름끼치고 소스라치게 만드는 엔터테인먼트를 줄줄이 풀어놓는 게 바로 오키나와의 운전기사들이다. 오키나와의 밤은 어둠이 깊어 유령들이 득실대는 모양이다.

도쿄의 택시 안에서 듣는 이야기가 시시하냐 하면 꼭 그렇지만도 않다. 물론 도쿄에서는 유령 이야기에 열을 올리지는 않는다. 그 대신 이상하게 돈 이야기가 많다. 도쿄의 운전기사들은 돈 버는 이야기를 좋아한다.

도쿄에서 규슈까지 가는 손님을 태워서 큰돈을 번 이야기는 복신을 영접한 현대 민화 같고, 어느 지역에서 어느 시간대에 어떻게 택시를 몰아야 돈을 버는지에 대한 이야기를 들을 때는 마치 벤처기업 CEO의 마인드를 듣고 있다는 착각에 빠질 정도다. 택시로 돈을 너무 많이 벌면 연금이 줄어들 수 있어서 일은 적당히 하고 남은 돈으로 술 마시러 가는 낙에 산다는 말을 들을 때면 이런 게 인생이지, 하는 생각도 든다.

언제 들어도 재미있는 이야기는 개인택시로 독립할 때까지의 이야기다. 그들은 돈을 모아 권리를 양도받기 위해 선배들의 비위를 맞춰야 했고, 도로교통법을 철저히 지켜야 했다. 그 수많은 문제와 어려움을 하나하나 클리어한 사람만이 거머쥘 수 있는 개인택시에 내가 타고 있는 것이다.

"자유는 좋은 거예요. 힘들었지만 독립하길 잘했어요."

이렇게 쿨하게 이야기하는 걸 듣고 있으면 운전기사가 큰 여행을 마치고 돌아온 영웅처럼 보였다. 이건 흡사 《오디세이》, 대서사시다.

이야기는 상처로부터

심야택시에서 다양한 이야기를 듣다 보면 이야기들이 어디서 시작됐는지 조금은 짐작이 간다. 예를 들어, 오키나와의 운전기사들은 농익은 괴담을 늘어놓고 나서 꼭 하는 말이 있다.

"저 부근에서 사람들이 엄청 죽었거든요."

유령이 나온다는 쇼핑센터, 국도, 전조 재배(전등을 이용해 개화 시기를 조절하는 방법—옮긴이) 국화밭 등이 들어선 곳은 모두 예전에는 전쟁터였다. 오키나와전투(제2차 세계대전 당시 일본 오키나와에서 미군과 일본군이 벌인 전투—옮긴이) 때 그곳에는 강철비가 내렸고 집단 자결이 있었다. 땅에는 상처 입은 영혼들이 있고 이것이 유령과 관련된 이야기를 불러오는 것이다.

도쿄도 사정은 마찬가지다. 그들이 신나게 돈과 관련된 이야기를 하는 배경에는 돈을 계속 벌지 않으면 살아갈 수 없는 도시의 고충이 자리하고 있다. 그리고 돈을 벌기 위해 수많은 불합리함과 인내를 강요받은 그들의 기억이 들끓고 있다.

이야기는 상처에서 탄생한다. 매일의 상담도 그렇다. 그런데 상담을 받으러 오는 사람들이 하는 이야기는 사실 이야기 축에 끼지도 못한다. 그들의 상처는 생긴 지 얼마 안 돼 통증이 남아 있기 때문에 이야기가 완성된 상태가 아니다.

상처만 드러나고 조각난 이야기들이 어지럽게 흩어져 있다. 상담할 때는 이 조각난 이야기들을 수없이 반복한다. 하나의 사건을 다른 각도에서 다른 문맥으로. 그럼 조각났던 이야기들이 조금씩 이어진다. 이야기가 완성돼 가는 것이다. 그때 비로소 새 상처에 딱지가 앉았다 떨어지면서 얇은 새살이 돋는다. 이야기를 한다는 것은 상처를 부드러운 새살로 보들어 가는 과정이다. 그래서 이야기는 본질적으로 흉터자국인 셈이다.

아라비안나이트 인 더 택시. 심야에 도심을 달리는 셰에라자드들은 엔터테이너들이다. 그들의 이야기는 웃음을 자아내기도 하고 소름 끼치게도 하며 뭉클하게도 한다. 내가 택시에서 내릴 때면 그들은 대부분 겸연쩍어 하며 말한다.

"괜한 이야기를 해서 미안합니다."

"아닙니다. 좋은 이야기 감사합니다."

이렇게 감사하다고 하면 종종 잔돈을 깎아 주기도 한다. 기껏해야 10엔이나 20엔 정도지만, 그 작은 금액은 이야기하는 것 자체에 가치가 있고 이야기를 듣는 것에 의미가 있다는 나의 일의 근간을 상기시켜 주곤 한다.

금연의 기록 1: 니코침팬지가 나타났다

*

　'인간도 한다는 금연이라는 것을 니코침팬지도 해 보려 하는 것이다.'(935년 이후 기노 쓰라유키에 의해 가나 문자로 기록된 일본 최초의 일기 문학인 《토사 일기土佐日記》의 서두를 패러디한 것—옮긴이)라는 문장으로 시작되는 워드 파일을 우연히 컴퓨터 구석에서 찾았다. 파일 명은 '금연 일기'다. 이게 몇 년 전이지? 옛날 생각이 났다. 어느 가을 금연을 시도한 적이 있었다.

　담배를 처음 피우기 시작한 건 대학교 때였다. 같은 동아리였던 잘생긴 남자가 담배를 피우는 걸 보고 따라 피우게 됐다. 담배를 슬쩍 입에 물면 나도 멋있어 보이려나 했는데 난 니코침팬지가 되고 말았다(인생, 너란 녀석은 참!).

　담배를 피우게 되면서 어딜 가든 제일 먼저 흡연실부터

찾았고, 폭우가 쏟아지든 태풍이 불든 개의치 않고 몸이 흠뻑 젖는 줄도 모르고 달려가서 담배를 피웠다.

담배를 너무 많이 피워서 속이 안 좋아지면 기분 전환을 위해 담배 한 대가 또 생각났다. 내 안에 있는 침팬지가 오로지 니코틴을 섭취하겠다는 일념으로 나를 조종했다. 아, 나의 자유의사는 어디로 사라진 걸까, 하고 스스로 한심하다는 생각도 했지만 금연을 해야겠다고 생각한 적은 단 한 번도 없었다. 그런 생각을 할 여유조차 없을 정도로 니코침팬지의 지배력은 완벽했다. 나의 자유의사는 니코침팬지 홀딩스에 인수돼 말단 자회사가 되고 말았다.

그러다 내 인생을 바꿀 만남이 있었다. 한 산장에서 개최된 가면무도회에 참석했을 때의 일이다(거짓말입니다. 유라쿠초에서 열린 학술대회입니다). 거기서 금연 치료를 전문으로 하는 저명한 여의사를 알게 됐다.

"아휴, 담배 냄새! 3미터 이내 접근 금지예요!"

초면에 첫 마디부터 핀잔을 들어야 했지만 20분 뒤 나는 금연을 결심했다.

"니코침팬지를 이용해서 일기를 쓰는 거예요. 선생님은 금연하실 수 있어요. 눈을 보면 알 수 있어요."

금연 전문 의사에게 그런 말을 들었기 때문이다. 이렇게 해서 나의 자유의사가 니코침팬지 죽이기를 시작했다. 다음은 그 고군분투의 기록이다.

금연 일기

금연 3일째. 그냥 피워 버릴까도 했지만 스승의 얼굴이 떠올라 참았다. 아, 담배 피우고 싶다. 안 되지. 기분 전환을 위해 패밀리 레스토랑 데니스에 갔다. 물론 금연석으로. 공기가 상쾌해서 좋았다. 그런데 흡연석에서 담배 연기가 넘어왔다…… 냄새가 좋다. 냄새만 잠깐 맡고 올까? 안 되지. 니코침팬지를 주물럭거리며 피부로 니코틴을 빨아들였다. 아, 담배 피우고 싶다, 하고 생각하니 인생의 다른 고민들이 모두 사라졌다. 피울 것이냐, 말 것이냐 그것이 문제로다. 햄릿도 금연을 했더라면 다른 고민은 하지 않아도 됐을 것을.

조금 익숙해진 것 같다. 담배를 피우고 싶다는 생각을 하지 않는 시간이 생겼다. 한 가지 신기한 걸 발견했다. 니코틴 패치를 붙이고 밖에서 심호흡을 하면 담배를 피우는 것 같은 기분이 든다. 니코침팬지는 니코틴만 빨아들이면 얌전해진다.

담배를 피우고 싶다는 생각이 거의 사라졌다. 이게 바로 자유란 걸까? 담배 신경 쓰지 않고 살 수 있다니 이게 얼마 만

인가? 모두 금연 스승의 말대로였다. 대단하십니다! 그런데 니코틴 패치는 떼어 내면 냄새가 장난 아니다. 진저리가 난다. 니코침팬지도 바보지, 이런 냄새 나는 것에 빠지다니. 그래, 결심했어! 니코침팬지에게 이별을 고해야겠다. 니코틴과의 마지막 결전이다. 독립기념일이 이제 머지않았다.

9월 27일

장난기가 발동해 담배 연기나 맡아 볼까 하고 역 흡연실에 들렀다가 그곳에서 담배를 피우고 있는 동료 선생님을 만났다. 가엾은 침팬지가 여기 또 있군, 하고 생각하며 담배가 몸에 얼마나 나쁜지 설교를 했더니 한 대 줬다. 진짜 맛있었다. 진짜 행복했다.

9월 29일

아, 담배를 피우고 싶어 미치겠다. 애초에 금연이라는 게 담배를 피우지 않는 상태만을 가리키는 게 맞나? 담배를 피우면서 금연도 하는 건 불가능한가? 스승님이 주장하는 금연의 개념이 너무 좁은 거 아닌가? 포스트 모더니즘의 관점에서 더 다양성을 열어 두어야 한다, 하고 생각하고 있었는데 나는 어느새 담배를 사고 있었다. 맛있다. 앞으로 세 대만 피우면 금연, 다시 시작이다.

금연을 다시 시작하는 데 성공했다. 벌써 3일째 피우지 않았다. 기분 좋은 아침이다. 어젯밤 술자리에서도 악마의 손이 담배를 권해 왔지만 넘어가지 않았다. 이제 니코침팬지한테는 속지 않을 것이다. 그 녀석은 궤변을 늘어놓지만 결국 담배를 피우고 싶다는 이야기뿐이다. 니코틴 패치도 오늘로 끝이다. 니코틴으로부터 절대 벗어날 것이다. 아니 난 해탈할 것이다. 절대 물러서지 않겠다는 결의를 했다.

지금은 오후 1시. 귀찮은 일을 부탁받고 나니 너무 간절히 피우고 싶어졌다. 큰일이다. 머리가 어질어질하다. 담배가 피우고 싶다. 스승님한테 문자 메시지를 보냈더니 '10분 인내하세요.'라는 답장이 돌아왔다. 역시 스승님은 스승님이다. 니코침팬지에게는 리듬이 있으니 이 고통은 반드시 지나갈 것이다. 분명 그럴 거라 생각한다. 그런데 그냥 지나가지 않으면 어쩌지?……

…… 사고 말았다. 비가 억수로 쏟아지는데 편의점까지 가고 말았다. 아니, 샀다고 해서 꼭 피우라는 법은 없다. 피우지 않을 거다. 담뱃갑을 보면서 대리만족만 하고 있을 뿐이다. 아니, 잠깐! 샀다는 것은 담배를 피울 마음이 충만하다는 것 아닌가? 갈등하는 척만 하는 것 아닌가?

피우면 되지. 아니, 피우면 안 되지. 피우면 쓰레기다.

휴~~~~~~~! 피웠다! 너무 맛있다! 이건 뭐지? 너무 맛있잖아!

담배를 피우고 나니 죄책감이 몰려왔다. 너, 지금 뭐 하나?

금연 스승님으로부터 문자 메시지가 왔다.

'지나갔습니까?'

답장을 할 수가 없다. 나는 쓰레기다. 더 이상 인간이 아니다. 니코침팬지다. 다시 문자 메시지가 왔다.

'피우셨군요.'

'그래요, 피웠어요.'라고 답장을 보낼 순 없다. 난 스승님을 배신했다. 죽고 싶을 정도로 피우고 싶어서 다시 피웠다. 아, 이 일기 자체가 기만이다. 작가는 자유의지가 아니라 니코침팬지였다. 나는 대체 뭘 하고 있는 건가, 비참한 생각에 눈물이 터져 나왔다. 그 타이밍에 스승님으로부터 문자 메시지가 또 왔다. '피우셨군요. 내일 외래 진료 받으러 오세요. 아직 챔픽스가 남아 있으니까요.' 어? 챔픽스? 그게 뭐지?

오늘은 여기서 줄이고 '니코침팬지 죽이기'는 다음 편에서 계속된다.

금연의 기록 2: 챔픽스로 갈아타기

*

    지난 회까지의 줄거리다. 니코침팬지를 이용한 금연에 실패하고 인간으로서의 존엄을 잃어 가던 나에게 구원의 손길을 뻗어 준 건 금연 스승님이었다. '챔픽스'라는 듣도 보도 못한 비법의 약을 처방해 준다고 한다. 과연 효과가 있을 것인가? 그리고 금연은 무사히 대단원의 막을 내릴 수 있을 것인가? 지금부터 금연 일기 후편을 시작한다.

금연 일기 후편

(10월 4일)

챔픽스는 뇌가 니코틴을 흡입하지 않도록 해 주는 마법

의 약이다. 담배를 피워도 '맛있다!'고 느끼지 않게 해 준다고 한다. 약효가 나타날 때까지 시간이 걸리기 때문에 처음 일주일은 담배를 피워도 된다고 했다. 스승님이 "선생님은 어차피 피우실 거기 때문에." 하고 비꼬는 바람에 상처를 받기는 했지만 눈치 안 보고 피울 수 있어서 기쁘다.

10월 9일

평소와 다름없이 담배가 맛있다. '전혀 약효가 없다, 챔픽스!' 하고 생각했는데 오후가 되니 맛이 싱거워졌다. 입 안에 기분 나쁜 느낌이 남는다. 챔픽스 참으로 대단하다! 이로써 나는 내일모레부터 완전 금연을 하게 된다. 새로운 인생이 시작된다, 안녕, 니코침팬지여!

10월 15일

담배를 피우고 싶다. 챔픽스 덕분에 고통은 좀 줄어들었을 텐데 그래도 담배는 너무 피우고 싶다. 이상하다. 알아보니 니코틴이 없어서 뇌가 도파민 부족 상태가 된 것 같다. 그렇다면 내 스스로 도파민을 분비시키면 될 것 아닌가? 그래서 큰 소리로 "아~~~~~~!"라고 해 봤다.

도파민이 조금 나왔을지도 모른다. 아, 담배 피우고 싶다.

인류의 역사를 뒤집어 놓을 만큼의 대발견을 했다. 어제 술자리에서 동료가 담배를 줘서 피워 봤더니 너무 맛이 없었다! 세메다인(본드 - 옮긴이) 맛이 나서 정말 깜짝 놀랐다. 가수 우타다 히카루가 마지막 키스는 담배 향이 났다고 노래했는데, 그때 챔픽스를 복용했다면 세메다인 향의 키스가 됐을 것이다. 쓰고, 접착제 같은 향.

아무리 그래도 기껏 약 하나 먹었다고 그렇게 맛있던 것이 이렇게까지 맛이 없어지면 인간의 지각은 대체 뭐란 말인가! 사랑도 기억도 모두 뇌의 착각인 건 아닐까? 무서운 일입니다, 하고 금연 스승님께 문자 메시지를 보냈더니 '피우셨죠?'라는 답이 득달같이 왔다.

오랜만에 금연 외래 진료를 가서 내쉴 때의 호기呼氣 중 일산화탄소 농도를 측정했는데 '3ppm'이 나왔다. 처음에는 50 이상으로 나와 '위험 수준의 상습 흡연자'로 분류됐는데, 지금은 '비흡연자' 범위다. 성과가 꾸준히 나오고 있어서 기분이 업됐다.

"선생님은 믿음이 안 가요. 이런저런 핑계로 피우고 계시죠?"

금연 스승님의 이 한마디에 기분이 팍 상했다. 이렇게 열심히 하고 있는데…… 슬프다……. 아, 담배 피우고 싶다. 니코침팬지는 고독해지면 담배를 피우고 싶어 한다. 에라 모르겠다. 오늘밤 술자리에서 누가 한 대 줄지도 모르잖아.

(10월 27일)

오랜만에 일기를 씁니다. 그간의 일을 고백합니다. 술자리에서 담배를 얻어 피우는 것이 버릇이 돼서 위험할 정도로 상습적이 돼 버렸습니다. 흡연자들은 타인의 금연을 좌절시키는 것에 무한한 기쁨을 느끼는지 모두 하나같이 담배 인심이 좋았습니다. 악마 같은 분들이라고 생각합니다.

어젯밤에 만난 사람은 진짜 악마였습니다. 어제 대학 후배인 철사를 만났는데, 내가 금연을 하고 있다고 털어놓았는데도 철사는 담배를 줄 기색이 전혀 없이 혼자 신나게 담배를 피웠습니다. 제가 이를 이상히 여겨 물어봤습니다. 금연을 하는 사람에게 담배를 주고 싶은 마음이 들지 않느냐고요.

"물론 드리고 싶죠. 하지만 그거 때문에 금연에 실패해서 존경하는 마이 선배가 요절이라도 하면 저는 원통해서 못 살아요."

철사가 의기양양한 얼굴을 하고 말했습니다.

"고마워. 내가 꼭 금연에 성공하는 걸 보여줄게. 너도 금연하는 게 좋아."

제가 도발을 해 봤습니다만, 아니나 다를까 이번에도 철사는 꿈쩍도 하지 않았습니다. 어쩔 수 없이 철사의 담배를 뚫어지게 보고 있으니 철사가 헤죽헤죽 촐싹 맞게 웃는 게 아니겠어요.

"제가 억지로 담배를 피우게 하는 건 죄책감이 들어서요. 하지만 선배가 간절히 원하신다면야 저는 죄책감을 느끼지 않아도 되죠."

이건 악마입니다! 금연 중인 저에게 담배를 소망하게 하다니요! 그런 말을 할 수가 있는 겁니까? 그런데 입이 방정이지 말입니다.

"담배, 주지 않겠니?"

"네? 뭐라고 하셨어요?"

철사가 잔인하게도 못 알아들은 척하는 겁니다.

"담배, 피우고 싶어요. 한 대만 주세요."

"그건 마이 선배의 의지입니까?"

더 이상은 머뭇거릴 때가 아니었습니다.

"네, 저의 자유의지입니다!"

그제서야 만족했는지 악마는 담배를 한 대 하사하셨습니다. 불을 붙이자 처음에는 세메다인 향이 났는데 한 대를 더 피우니 세메다인 맛은 별로 나지 않았고, 다섯 대째에는 마지막 키스의 향이 났습니다. 정신을 차려보니 그날 밤 저는 한 갑을 다 피우고 말았던 것이었습니다.

아, 금연 스승님, 제가 당신 앞에서 자취를 감춘 데는 이런 자초지종이 있었던 것입니다. 악마의 한마디에 제 마음은 무너지고 말았습니다. 그래서 이쯤에서 제 일기도 끝내려 합니다.

하지만 부디 철사는 미워하지 말아 주세요. 철사에게는 감사하고 있습니다. 저의 진짜 마음을 이제야 알 수 있게 됐기 때문입니다. 저는 니코침팬지를 죽이고 싶었던 것이 아닙니다. 공생을 원했던 겁니다. 누군가를 미워하고 누군가의 송장 위에 행복을 쌓을 수는 없습니다. 필요한 것은 서로 상처를 주는 것이 아니라 서로 사랑하는 것입니다. 제가 배운 것은 그것입니다.

지금 저는 니코침팬지와 함께 해변이 있는 동네에 와 있습니다. 스승님에 대한 최소한의 속죄라 생각해 일반 담배를 전자담배로 바꾸었다는 말씀만은 전하고 싶습니다. 바다를 향해 담배 연기를 뿜으면 하얀 파도에 연기가 녹아듭니다. 그럼 제가 스승님 앞에서 연기처럼 모습을 감췄던 일이 떠올라 가슴이 아픕니다. 부디 저의 무례를 용서하시기 바랍니다. 그리고 모쪼록 저의 스승님에 대한 감사의 마음만큼은 의심하지 말아 주시기 바랍니다. 정말 감사했습니다. 니코침팬지 씨도 그리 말씀하십니다. (끝)

이번 원고는 '의존증의 배경에 고독이 있다'는, 정신 건강에 대한 견해를 잘 버무려 초현실적인 일기 문학을 창조하

려 했던 도전작이었으나 비흡연자인 친구들로부터 하나같이
재미없다는 말을 듣고야 말았다. 하…… 서글프다…… 담배
피우고 싶다.

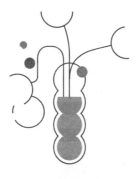

PART 3

가을

새벽 네 시의 말들

＊

"한자 바쁠 망忙은 '마음心을 잃다ㄷ'라고 쓰는 것과 같지."

예전 지도 교수님이 입버릇처럼 했던 말이다. 이 대교수님은 평소 항상 바빴고, 지팡이를 짚고 학교 안을 종종걸음으로 다녔다. 한번은 화장실에서 우연히 마주쳤는데, 빛의 속도로 볼일을 보면서 카를 구스타프 융의 이야기부터 시작해 하고 싶은 이야기를 정신없이 쏟아내시더니 결국 지팡이를 두고 가시는 바람에 동기랑 배꼽 잡고 웃었던 기억이 있다. 마음을 잃어도 정도가 있지 지팡이를 잊어버리신 건 너무했다.

돌이켜 보면 그때 웃을 수 있었던 건 내가 시간이 많은 학생 신분이었기 때문이다. 중년이 돼 대학에 몸담아 보니 마음이 얼마나 쉽게 사라지는지 통감한다. 나는 지팡이 대신 스마트폰을 손에 꼭 쥐고 강의가 끝나면 회의에 들어갔다 다시 강의실로 종종걸음으로 열심히 뛰어다닌다. 용건이 날아들면 마치 탁구공을 받아치듯 쉴 새 없이 처리한다. 화장실에서 볼일을 볼 때도 점심 식사를 할 때도 빛의 속도로 마친다. 반사 신경만으로 만들어진 생물 같다는 생각이 들 정도다.

이렇게 바쁜 중년에게도 잃어버린 줄만 알았던 마음과 재회하는 순간이 있다. 문득 눈이 떠지는 '영혼의 새벽 네 시'다. 밤도 아침도 아닌 시간, 더 이상 어제는 아니지만 그렇다고 아직 오늘도 오지 않은 시간이다. 민달팽이처럼 화장실에 기어갔다 와서는 다시 잠들어 보려고 이불 속으로 들어가지만 쉬이 잠들지 못한다. 머릿속에서 말들이 맴돌기 시작한다. 평소에는 생각할 것 같지 않은 일들이 떠올라 잠시 머문다. 새벽 네 시에 떠오르는 말들은 아침 햇살이 비치면 덧없이 사라져 버린다. 반사 신경의 세계가 시작되면 기억도 나지 않는 말들.

모놀로그 남자

가슴이 떡 벌어진 마초남은 한창 의욕적으로 일할 나이인 40대 후반이었다. 그가 경영하는 벤처기업은 순조롭게 성장하고 있었고 친구도 많고 가족도 화목했다. 그는 헬스클럽에 열심히 다니면서 근육을 키우고 있었다. 무엇 하나 나무랄

데 없는 인생처럼 보였다.

"아닌 척하면서 살아왔지만 저는 우울증인 것 같습니다."

그가 속내를 털어놓았다. 자세히 이야기를 들어 보니 그의 에너지 넘치는 생활의 이면에는 한 점 얼룩 같은 우울증이 있었다. 하루 중 한두 시간 정도 머리가 멍해져서 아무것도 생각할 수 없는 경우가 종종 있고, 심할 때는 며칠이고 움직이지 못할 때도 있었다. 그럴 때면 "쉬면 괜찮아져." 하고 가족과 사원들에게 설명하고는 자기 방에 틀어박혀 모든 연락을 끊고 지냈다.

"최근 들어 그런 증상이 심해졌습니다."

이런 이야기를 하는 그의 말투가 너무 지적인 것이 인상적이었다. 그는 자신이 왜 이러는지 잘 모르겠다면서도, 자신의 상태와 심리에 대해 논리 정연하게 설명했다. 마치 거래처 앞에서 프레젠테이션을 하는 느낌이었다.

상담이 시작되자 그는 경영, 파트너십, 육아, 사교, 그리고 근육 운동에 이르기까지 매사에 전략을 치밀하게 세워 목표를 달성해 왔다고 했다. 그래서 자신은 우울증도 극복할 수 있을 거라고 자신했다. 그는 명석했고 유머러스하기까지 했다. 그런데 나에게는 그의 말들이 매우 공허하게 느껴졌다. 그 이유는 항상 혼자서 생각하고 혼자서 결론짓는 모놀로그였기 때문이다. 나는 마치 그의 근육 운동 동영상을 보고 있는 시청자가 된 기분이었다.

'저는 다 알고 있습니다.' 결국 명석한 그가 내게 전한 메시지는 그것뿐이었다. 그는 그런 이야기를 할 수 있는 상담에 만족하는 듯 보였지만, 한 점 얼룩 같은 우울증은 좋아지지 않았다. 어딘가 꽉 막혀 있다는 느낌을 받았다.

그러던 어느 날 그가 꿈에 대해 이야기했다.

"꿈에 헬스클럽 사물함에 갇혀 소리를 지르려는데 목소리가 나오지 않는 거예요."

꿈 이야기이긴 했지만 그가 고통스러워하며 이야기한 건 그때가 거의 처음이었다.

"왜 소리를 치려고 하셨나요?"

내 질문에 그는 바로 답하지 못하고 말을 잃었다. 이것도 명석한 그에게는 흔치 않은 일이었다.

"……모르겠습니다."

그는 매우 난처해하면서 신음하듯 말했다. 나는 그가 도와줘, 하고 외치고 싶었을 것이라고 생각했지만, 그에게는 말하지 않았다. 왜냐하면 "모르겠습니다."라는 말에 담긴 여운을 느꼈기 때문이다. 그는 명석해서 '너무 많이 알다 보니' '모르는 고통'에 맞닥뜨렸을 때 도움을 청하지 못하고 자기 방에 틀어박힐 수밖에 없었던 것이다. 꿈속에서처럼 현실에서도 그는 갇혀 있었다. 스스로 자신을 가뒀던 것이다. 그런 그가 "모르겠습니다."라고 말했다. 이것이야말로 마음에서 우러나온 진정한 한 마디로 느껴졌다.

이날 이후로 그와의 상담에 변화가 조금 생겼다. 그는 모놀로그를 멈추고 침묵하는 시간이 늘었다. 모르는 것 앞에서 속도를 늦출 수 있게 됐다. 우리는 그의 내면에 있는 모르는 부분에 대해 이야기할 수 있게 됐다. 이제 그는 다시 우울증이 찾아왔을 때 "어떻게 해야 할지 모르겠어." 하고 가족들에게 도움을 요청할 수 있게 됐다.

드라이아이스 같은 마음

바쁠 때 마음은 사라지는 것이 아니라 어디 있는지 찾지 못하게 되는 것뿐이다. 우리가 반사 신경만으로 살아갈 때도 마음은 우리 내면 깊숙한 곳에서 몰래 숨 쉬고 있다. 냉동고 안쪽 깊숙한 곳에 넣어 두고 까맣게 잊어버린 드라이아이스처럼.

중요한 건 드라이아이스가 이산화탄소를 응축한 것이듯, 마음에는 아직 모습을 갖추지 못한 말들이 응축돼 딱딱하게 굳어 있다는 점이다. 잠은 그것을 살짝 녹여 준다. 그의 단단한 근육이 부드러워지고 명석함에 틈이 생기는 건 오직 꿈속에서뿐이었다. 나는 꿈과 각성의 틈새인 영혼의 새벽 네 시에만 마음속에서 말들이 덜그럭거리는 소리를 들을 수 있다. 아침이 오면 생활 잡음에 묻히게 되겠지만 말이다.

그래서 드라이아이스는 물에 담가야 한다. 가끔이면 된다. 보글보글 작은 기포들이 생길 것이다. 이때 물이 타인이라면 거품은 말이다. 마음속에 응축돼 있는 말은 타인과의 교류를 통해 비로소 형태를 갖춘다. 예를 들어, "모르겠습니다."라는 형태를 갖게 되고 더 나아가 "도와 달라." 같은 형태로 다듬어진다. 말이란 그렇게 자신과 타인의 두 마음을 서로 오가며 자라난다.

영혼의 새벽 네 시. 바쁜 일상이 순간 멈추고 마음과 재회하는 시간. 이럴 때 우리는 말이 타인을 원하고 있다는 걸 깨닫고 멈춰 선다. 그리고 자신이 누군가와 진지하게 이야기하고 싶어 한다는 걸 알게 된다.

잡담 찬가

*

반년에 걸친 긴 봉쇄가 풀리고 드디어 대학이 다시 문을 열었다. 1학기는 집에 틀어박혀 주구장창 수업 영상을 유튜브에 올렸지만, 2학기는 교실로 가야 한다. 온라인 수업에 익숙해져 늘어질 대로 늘어진 나는 "매일 지하철 타는 건 절대 무리야." 하고 탄식도 했지만 한편으로는 들떴다.

동영상을 만드느라 컴퓨터 앞에 앉아 투덜투덜 혼잣말을 하는 생활에 진저리가 났던 것이다. 역시 수업은 눈앞에 학생이 있고, 말을 하면 반응이 있는 게 좋다. 물론 기쁜 반응도 있고 슬픈 반응도 있다. 학생들이 "그렇구나." 하면서 고개를 끄덕인 줄 알았는데 따분한지 스마트폰을 만질 때도 있다. 내 농담이 먹혔구나, 했는데 제일 앞줄에 앉은 학생이 책상에 대놓고 엎드려 정신 못 차리고 잘 때도 있다. 한번은 내가 한

마디 할 때마다 학생들이 하나둘 픽픽 곯아떨어져 맨정신은 나뿐이었던 적도 있었는데 그땐 정말이지 힘이 들었다. 블랙홀에 대고 말을 걸고 있는 느낌이 들어 이대로 블랙홀에 빨려 들어가 소멸돼 버렸으면 하고 생각했다.

그나마 재미없는 이야기를 할 때 '재미없다'는 반응이 있는 건 차라리 낫다. 반응을 보고 중단할 수 있기 때문이다(중상을 입긴 하지만). 미리 준비해 간 교과서적 수업에서 벗어나는 날은 그날 그 시간에 수업을 듣는 학생들의 수준에 맞는 말을 찾게 된다. 그러다 잘 풀리면 시사적인 내용을 이용한 심리학적 '잡담'을 시작할 수 있다. 이런 게 재미있다. 내가 학생이었을 때를 떠올려 봐도 교수님들의 진지한 이야기는 블랙홀로 빨려 들어가 흔적도 없고, 실없는 잡담만 기억에 남는다. 자잘한 에피소드에는 이론에는 없는 깊은 힘이 있다. 나는 잡담이야말로 대학의 꽃이라고 생각한다.

가이드라인 경찰

처음에는 가볍게 생각했는데 막상 수업이 다시 시작되고 나니 보통 일이 아니었다. 학생 몇 천 명이 교내에 모이게 되는 것이니 방역을 철저히 해야 했고, 이에 대학에서는 엄격한 가이드라인을 마련했다. 교실 환기는 물론 서로 떨어져 앉도록 하고, 만의 하나 확진자가 나왔을 때 밀접 접촉자를 특정할 수 있도록 누가 어디에 앉았는지 기록해야 했다. 마스크를 하고 있는지, 체온을 재고 손 소독을 했는지 확인한 다음, 내가 사용할 마이크와 컴퓨터를 소독하고 나서야 겨우 수업을 시작할 수 있었다. 그야말로 가이드라인으로 도배된 엄중 경계 태세였다.

감염 위험성을 낮추고 안전을 확보하기 위해서라는 건 잘 알지만, 이렇게 나뿐 아니라 학생들까지 가이드라인에 맞게 행동하고 있는지 일일이 체크하다 보면 마치 내가 경찰이 된 듯한 착각에 빠지곤 한다.

가이드라인 경찰에 따르면 잡담은 적발 대상이다. 복도에 서서 이야기를 하거나 교실 안에서 사적인 대화를 하거나 식당에서 떠드는 것도 안 된다. 원래는 이런 게 학창 시절에 가장 즐거운 일상인데, 경찰의 시선에서 보면 감염 위험성을 높이는 불필요한 행동으로 비칠 뿐이다. 가이드라인에는 잡담을 할 수 있는 장소가 없다. 커리큘럼에 시사적인 내용의 잡담을 할 곳이 없는 것과 매한가지다.

잡담이란 불투명하고 혼란한 3밀 속에서 나고 자라는 것이다. 그런데 지금은 잡담을 감시하고 관리해 청결을 유지해야 한다. 방역이란 결국 잡담 예방인 셈이다. 본래 대학은 잡담이 만연한 불결한 공간이 아니었던가? 가이드라인이나 커리큘럼에서 탈선할 수 있는 것이 대학의 매력이었다.

그렇게 생각하면 복잡해지지만 그래도 안전 확보가 가장 중요하다는 데는 동의한다. 그래서 2학기에는 가이드라인 경찰 역할을 철저히 할 수밖에 없다고 생각하니 솔직히 우울했다.

펑크하고 펑키하고 래디컬한

2학기 첫 업무는 신입생 환영회였다. 4월에 입학식이 취소됐기 때문에 이번 기회에 신입생을 모두 모아 놓고 학장님이 축하 인사를 하기 위해 마련된 자리였다. 가이드라인 경찰이 총동원돼 엄중한 경계 태세 속에 환영회가 진행됐다. 총출동한 교직원이 혼잡 방지를 위해 복도에서 소독과 사회적 거리두기를 철저히 지도했다.

"방역에 힘씁시다!"

교내 방송에서도 마치 전시를 방불케 할 정도로 시도 때도 없이 안내 방송이 흘러나왔다. 신입생 환영회 분위기는 엄숙했다. 학생들은 떠들지 않았고 마스크로 굳게 얼굴을 가리고 학장님의 축하 인사를 얌전히 들었다. 기분 나쁠 정도로 조용했다. 하지만 혼란 없이 무사히 끝날 것 같아 경찰 혼이 불탔던 우리는 안심하고 있었다.

"이것으로 마치도록 하겠습니다. 안내에 따라 하교해 주시기 바랍니다."

환영회가 끝났음을 알리자 학생들은 질서 정연하게 퇴실하기 시작했다. 그런데 갑자기 누가 "꺄~!" 하고 소리쳤다. 뭐지? 무슨 일이지? 하고 학생들 쪽을 보니 한 여학생이 다른 학생을 꽉 껴안고 있었다.

"이렇게 생겼구나! 완전 예뻐! 만나고 싶었어~!"

안긴 학생도 기뻐서 깡충깡충 뛰었다.

"나도 완전 만나고 싶었어!"

그때부터 방역이고 뭐고 아수라장이 됐다. 여기저기서 잡담이 대폭발을 했다. 지난 반년 동안 얼굴 한번 보지 못하고 SNS로만 연결돼 있던 학생들이 드디어 만났다는 기쁨에 흥분해서 수다를 떨기 시작했다. 손을 잡고 껴안기도 하고 큰 소리로 웃었다. 마스크 안에서 비말이 반짝반짝 빛나고 있었을 것이다.

가이드라인 경찰은 아연실색해 그만 얼어붙고 말았다. 처음 만나 신난 소녀들에게 붙어 있지 마세요! 떨어지세요! 라고 누가 말할 수 있을까. 그저 지켜볼 수밖에 없었다. 그러자 옆에 있던 교수가 밀접, 최고네요, 하고 툭 한마디 했다. 정말 최고다. 학생들은 펑크하고 펑키하며 래디컬했다. 가이드라인은 내 알 바 아니었다.

대학에 잡담이 돌아왔다. 아무리 가이드라인의 눈이 매서워도 사람과 사람이 같은 공간에 있으면 잡담은 꽃을 피운다. 가이드라인 틈새에 잡담이 무성했다. 아마도 대학만 이런 것은 아닐 것이다. 사람은 사람을 무서워하고 때로는 싫어하기도 하지만 결국 사람을 찾게 돼 있다. 사람이 눈앞에 있으면 그것만으로도 그냥 신이 나는 게 바로 우리들인 것이다.

이런 이야기를 수업에서 했더니 반응이 나름 좋아서 기분 좋았다. 그리고 이런 잡담을 다시 하고 나니 이번 연재의 원고가 완성됐다. 잡담 정말 최고이지 않은가? 이러니 잡담 찬가를 부르지 않을 수 없는 것이다.

질투와 시기와 뒷담화

*

슬픈 일이 있었다. 떠올리기만 해도 마음이 아프다. 그
래서 여기에도 쓰고 싶지 않았다. 날 좀 내버려 두세요! ……
아니, 죄송합니다. 그게 아니고요. 실은 이 슬픔을 털어놓으
려고 쓰기 시작했는데 저도 모르게 그만 센 척하고 말았네요.

"참, 얼마 전에 ××들하고 이야기를 하는데, 마이는 ○○라
는 거야. 너무하지 않아?"

오랜만에 만난 친구에게 내 뒷담화를 듣게 됐다. 그 자리
에서는 '언론의 자유는 민주주의 국가의 기본'이라며 태연한
척했지만 속으론 심하게 동요하고 있었다.

그날 밤 "아, 나는 어차피 ○○인데, 뭐." 하며 울면서 잠
들었고, 아침에 일어나서도 "안녕, ○○한 나." 하고 자학하는
지경에 이르렀다. 지금도 아직은 ○○가 무엇인지 쓸 수 없을

만큼 상처 받은 상태다.

뒷담화는 괴롭다. 누가 내 뒷담화를 하고 있다는 사실을 알게 되면 세상 사람들이 모두 내 뒷담화를 하고 있을 것 같은 느낌이 든다. 아무도 내 마음을 몰라주고 결국 하나같이 다 적이라고 생각하면 점점 더 화가 치밀어 오른다. 아무것도 모르면서…… 까불지 말라고! 꼭 복수하고 말 거야! 하고 가슴속에서 한자와 나오키("당하면 배로 갚아 준다."는 대사로 유명한, 은행을 배경으로 한 일본 드라마의 주인공─옮긴이)가 스파크를 일으킨다. 그래서 결국 요즘은 ××들이 내 뒷담화를 했다고 만나는 사람들한테마다 말하고 있다.

뒷담화는 재밌다. 최고다. 내가 "걔는 쓰레기야." 하고 말할 때 주변 사람들이 "맞아, 걔는 끝났어." 하고 동조해 주면 세상 사람들 모두가 내 편이 돼 ××들을 낭떠러지로 몰아가는 기분이 든다.

이럴 땐 기분이 상쾌하지만 문제가 있다. 누군가 나를 배신하고 "마이가 네 뒷담화했어." 하고 ××들에게 일러바칠 가능성이 있다는 것이다. 그럼 또 "역시 마이는 ○○였어."라는 말을 들을 게 뻔하다. 미움의 악순환은 멈추지 않을 것이다.

그럼 안 되지. 그렇지 않아도 지구 온난화로 힘든데 지구인들끼리 서로 상처를 주고 있을 때가 아니다. 지금 지구에 필요한 건 사랑과 평화다. 양쪽 모두 뒷담화를 중단해야 한다.

시기해서 그러는 거야

자신의 뒷담화를 듣게 되면 철벽 같은 방어책이 필요하다. 뒷담화는 들을 때마다 상처를 받기 때문에 매번 되갚아 주고 싶어지기 때문이다. 이럴 땐 주문을 외워 보자.

"시기해서 그러는 거야."

뒷담화를 들을 때마다 이 주문을 외우면 상처를 최소화할 수 있다. 이것이 가장 강력한 방패인데 이 주문을 제대로 써먹으려면 질투와 시기의 차이를 알아야 한다. 질투와 시기를 거의 같은 뜻으로 알고 있는 사람들이 많지만, 엄밀히는 다르다. 예를 들어, 내가 얼굴이 잘생긴 지인에 대해 '멋있는데 성격까지 좋아. 진짜 열 받아!' 하고 생각했다면 그건 질투다. 이에 반해 "솔직히 자세히 보면 못생겼고 천성도 못됐어." 라고 말하기 시작하면 나는 시기심에 불타는 중이다.

요컨대 질투는 상대의 장점을 인정하지만 시기는 이를 부인한다는 점에서 다르다. 잘생긴 사람을 시기하면 너무 부러운 나머지 상대를 못생겼다고 깎아내리게 된다. 좋은 것이 자신의 외부에 있다는 것을 인정할 수 없어서 '좋다'고 생각하는 마음 자체를 파괴해 버리는 것이다. 그런 의미에서 질투는 시기보다 건강한 감정이라고 할 수 있다. 질투를 느끼면 내 얼굴은 어떻게 할 수 없어도 성격은 좋아져야겠다고 생각할 수 있지만, 시기를 하면 잘생긴 사람을 기어코 깎아내려야 후련해져서 끝이 난다.

'시기해서 그러는 거야'가 뒷담화에서 나를 보호해주는 가장 강력한 방패가 되는 이유는 이 때문이다. 비록 ○○라는 말을 듣기는 했지만, 그게 시기에서 시작된 것이라면 나는 실은 ○○가 아니라는 이야기가 된다.

'시기해서 그러는 거야'는 가장 강력한 창이기도 하다. 시기심 때문에 현실을 왜곡하고 있다면 ××들은 인간쓰레기가 되기 때문이다, 라고 쓰고 나니 다시 화가 치밀어 오른다. 역시 그 사람들은 쓰레기다. 그렇지 않나요?

내 마음도 몰라주고

아, 안 되겠다. 이건 아니다. '시기해서 그러는 거야'는 리셀웨폰lethal weapon(최종 병기)이다. 일단 꺼내서 닥치는 대로 시기 탓으로 돌리기 시작하면 어느새 뒷담화의 진흙탕 싸움이 돼 버린다. 시기는 시기를 부른다. 무서운 일이다.

그렇다면 역시 내가 ○○라는 것을 진지하게 받아들이고 반성하는 수밖에 없나? 하지만 이것도 괴로운 일이다. 나도 열심히 살고 있는데 왜 몰라주는 거야, 하는 억울한 심정이 들 것이다.

그래. 내 마음도 몰라주고……. 뒷담화의 가장 고통스러운 부분이 바로 이것이다. 뒷담화는 내가 없는 곳에서 이루어진다. 서로의 사정을 잘 모르기 때문에 무자비한 이야기를 쉽게 할 수 있는 것이다. 이는 어쩔 수 없는 측면도 있다. 일일이 편지나 메일로 근황을 보고할 수도 없고, SNS에 매일 이렇게 느끼며 살고 있습니다, 하고 올리는 것도 쉽지 않다.

'내 마음도 몰라주고'는 우리 인생의 디폴트다. 모두가 그런 고독을 안고 살아가지만 평소에는 주변에 몇 안 되는 사이좋은 사람들이 있기 때문에 잊고 지낼 수 있다. 뒷담화는 이 고독을 수면 위로 끌어올린다.

뒷담화의 진흙탕 싸움을 끝내려면 나를 이해시켜야 한다. 어떤 점을 이해시키면 될까? 제일 먼저 뒷담화로 상처 받은 부분이다. 아플 때 아프다고 말할 수 있으면 거리가 순식간에 좁혀져 상대도 역시 인간이었음을 새삼 깨닫게 된다.

물론 이렇게 말할 수 있으면 좋지만 상처를 받았을 때는 "아프다."라고 솔직히 말하지 못할 때도 있는 것이 사람인지라 어렵다. 그래도 이번에는 "아프다."고 써 봤다.

…… 글을 쓰다…… 갑자기 떠올랐다. 뒷담화를 먼저 시작한 건 나였다! 몇 년 전 학회가 끝나고 모인 술자리에서 술기운에 시기심을 이기지 못하고, 잘생기고 성격 좋은 ××를 있는 대로 깎아내렸다. 하, 이런 바보가 있나? ○○가 맞네. 아, 진짜 미안하다, 하고 이제 와서 직접 말하지 못하니 이 자리를 빌려 사죄합니다. 미안합니다.

돈으로 해결할 수 있는 건 편하지

＊

잊을 수 없는 명언이 있다. 15년 전 눈 내리던 어느 날 밤, 교토 폰토초의 한 골목에서 대선배가 깊은 한숨과 함께 내뱉은 말이다. 이 무렵 나는 아직 대학원생이었고, 그 선배는 지금의 내 나이 정도였다. 그가 처리해야 했던 귀찮은 잡무를 도와줬더니 고맙다며 비싼 고깃집에서 고기를 사줬다. 그때까지 2,000엔(한화 약 2만 원)짜리 무한리필 고기집밖에 가 본 적 없던 내게 한 접시에 2,000엔 하는 와규를 사 줬으니 어찌 영혼까지 감격하지 않을 수 있었겠는가.

"성은이 망극하옵니다!"

선배의 잡무만 거들다 내 인생이 끝나도 좋다고 생각하면서 진심을 담아 고개를 깊이 숙이며 말하자, 선배는 눈 내리는 밤하늘을 올려다보면서 하얀 입김과 함께 이 말을 내뱉었다.

"마이, 돈으로 해결할 수 있는 건 편하지."

오호라, 이 얼마나 댄디한가. 임종 때 주마등이 스쳐 지나간다면 이 장면만큼은 절대 편집 없이 틀어 줬으면 좋겠다. 만화가 고바야시 요시노리의 명작〈왕괴짜 돈만이〉에 "돈으로 되는 건 돈으로 해결한다!"라는 대사가 나오는데, 이것도 인생의 심연이 느껴지는 명언이지만, 선배의 한마디가 쓴맛이 있어 더 좋았다. 돈으로 해결할 수 없는 뭔가 복잡한 사정이 있는 분위기를 풍겼기 때문이다. 실제로 그 무렵 선배는 이혼 조정 중이었다는 사실을 나중에 알게 됐다. 마블링이 많은 그 맛있는 와규가 선배에게는 어떤 복잡한 맛이었을까.

돈은 사람을 움직이는 힘이라고 나는 생각한다. 돈을 지불하면 자기가 해야 할 일을 누군가에게 대신 시킬 수 있다. 내가 고기를 얻어먹으면서 귀찮은 잡무를 하길 잘했다고 기뻐했듯이 돈은 사람을 움직일 수 있다. 물론 사람에게는 돈으로는 움직일 수 없는 부분도 존재한다.

90만 엔어치 상처

40대 초반의 남자가 상담실을 찾은 것은 아내의 불륜 때문이었다. 불륜 사실을 알고 바로 상담실을 찾은 그는 처음에는 정신이 반쯤 나간 상태였다. 자신을 배신한 아내에 대한 환멸과 불륜 상대(그의 지인이기도 했다)에 대한 극심한 분노가 뒤범벅돼, 몸을 가누지 못할 정도로 우는가 싶다가도 어느새 눈에 핏대를 올리고 처참하게 복수해 주겠다며 이를 갈았다. 믿었던 사람들의 배신이 그의 마음을 산산조각 냈다.

"일을 낼 것 같아 제가 무섭습니다."

나도 그럴 가능성은 있다고 생각했다. 그 정도로 그는 혼란스러워했다. 일단 약 처방을 받아 휴식을 취할 필요가 있었다. 그런 다음 이혼과 재판 등 산적한, 현실적인 문제를 하나하나 해결해 가자고 설득했다.

다행히 그는 휴가를 낼 수 있었다. 2주간 쉬면서 아무것도 하지 않고 그저 시간을 보냈다. 물론 아내의 불륜이 그를 계속 괴롭혔지만 수면제 덕분에 잠은 잘 수 있었다. 휴가가 끝나고 직장에도 복귀했다. 그건 그에게 큰 힘이 됐다. 마음이 위기를 맞았을 때 일상이 변함없이 돌아가는 건 큰 도움이 된다.

이건 한편으로는 그가 남몰래 비밀을 간직해야 한다는 의미이기도 했다. 아직 어린 아이가 천진하게 웃는 거실에서, 가족에 대한 시시한 농담을 하는 동료가 있는 사무실에서 그는 예전과 다름없는 아빠와 사회인을 연기해야 했다. 일상을 무너뜨리지 않기 위해 아무에게도 털어놓지 못하고 그렇게 상처를 혼자 끌어안아야 했다. 이때 상담은 속이야기를 할 수 있는 유일한 곳이다.

우리는 충분한 시간을 가졌고 시간은 사태를 조금씩 명확하게 해 주었다. 아내는 진심으로 사죄했고 관계를 회복하기 위해 필사적으로 노력했다. 그도 그녀의 마음을 받아들였다. 부부의 신뢰는 깨졌지만, 최악의 상황은 피해 가정은 간신히 지켜졌다.

두 사람과 달리 불륜 상대는 불성실한 태도로 일관했다. 그럴 때마다 그는 상처 입었고 크게 분노했다.

"내가 망가진 만큼 망가뜨리고 싶습니다."

한때는 보복을 위해 불법을 저지를 생각까지 했다. 하지만 범죄자가 될 수는 없다는 생각이 그를 멈춰 세웠다. 결국 그는 1,000만 엔(한화 약 1억 원)의 위자료 청구 소송을 냈다. 고통스러운 시간이었다. 서류를 주고받을 때마다 알고 싶지 않은 사실을 알게 됐고, 법적 절차는 지나치게 객관적이었다. 도중에 여러 번 분노로 이성을 잃었지만 직접 복수할 방법은 없었기에 모든 건 변호사에게 맡겼다. 몇 개월 만에 위자료로 90만 엔(한화 약 900만 원)을 지불하라는 판결이 났다. 그것이 불륜 피해에 대한 대가였다.

"어떻게 이런 금액이 나온 건가요? 이건 말도 안 돼요."

그는 허탈해 보였다. 결국 그는 돈을 다 써서 없애겠다며 필요하지도 않은 비싼 손목시계를 샀다. 자포자기한 듯 보였다.

그때부터 그는 조금씩 변했다. 분노보다는 슬픔, 복수보다는 고독에 대해 말하기 시작했다. 이야기의 초점이 자기 마음으로 옮아간 것이다. 그때부터 우리는 그가 잃어버린 것과 과거 잘못한 것에 대해 이야기했다. 나쁜 건 밖에만 있는 것이 아니라 안에도 있었다. 이런 이야기를 통해 새로운 것이 생겨나기를 기다렸다. 몇 년에 걸친 길고 긴 상담이었다.

흠집 나 중고가 된 마음

망가진 스마트폰은 돈이 있으면 새것으로 바꾸면 된다. 하지만 마음속에 있는 것을 잃어버리면 절대 돈으로는 해결할 수 없다. 인생이란 흠집이 나 중고가 된 마음으로 헤쳐 나가는 수밖에 없다.

그가 불륜으로 받은 상처를 정말 돈으로 환산한다면 얼마일까? 적어도 90만 엔은 아닐 것이다. 그럼에도 그 90만 엔에는 의미가 있었다고 생각한다. 사회의 공식 절차를 밟아 금액을 확정지은 것이 돈으로 해결되지 않는 무언가를 명확히 해 주었기 때문이다.

그도 위자료 판결이 난 이후부터는 타인에게 상처를 주려는 생각이 아니라, 상처 받은 자신에 대해 생각하게 됐다. 자신이 아내에게 상처를 줬던 것에 대해서도 생각할 수 있게 됐다. 돈으로 해결되지 않는 것들을 볼 수 있게 된 것이다. 그럴 때 서글퍼지는 것은 결코 나쁘지 않다. 마음이 움직이기 시작했다는 증거이기 때문이다.

세상에는 돈으로 해결할 수 있는 불행이 대단히 많다. 이와 동시에 돈으로 해결되지 않는 것도 너무 많다. "돈으로 해결할 수 있는 건 편하지."라고 말하던 선배의 말이 정답이었던 것이다. 과거는 바꿀 수 없고 잃어버리는 것은 다시 돌아오지 않는다. 그래서 돈으로 해결할 수 없을 땐 시간을 써야 한다. 속상해하고 슬퍼하고 추도하는 긴 시간은 뼈아픈 과거를 나라는 역사의 일부로 바꿔 준다(그런 경우도 있다).

그는 90만 엔으로 손목시계를 샀지만 결국 한 번도 차지 못했다. 그건 그 돈을 부정하고 싶어서만은 아닐 것이다. 그는 사실 시간을 움직이게 하고 싶었던 게 아닐까. 멈춘 시곗바늘을 앞으로 돌리고 싶었던 것 아닐까. 그때 그는 그랬을 것이라 추측해 본다.

사용설명서와 사소설

*

사용설명서 붐이다. 명곡 사용설명서를 시작으로 베스트셀러 《아내 사용설명서妻のトリセツ》가 돌풍을 일으키면서 온갖 것에 사용설명서란 말이 붙기 시작했다. 여기에는 적을 수 없는 잔혹한 욕망을 이루기 위한 사용설명서도 많고, 《PTA(학부모회) 사용설명서》나 《효고兵庫 사용설명서》와 같은 책들까지 나와 있으니 한번 검색해 보기 바란다. 경악할 만한 사용설명서가 난무하고 있다.

세상에 넘쳐나는 사용설명서들을 쭉 훑어보면 뜻대로 되지 않는 것들을 컨트롤하기 위해 쓰였다는 것을 알 수 있다. 아내, 남편, 상사, 부하, PTA처럼(효고는 빼고) 우리를 휘두르는 타인이 문제가 되고 있다. 그들은 뜻대로 되지 않을 뿐 아니라 무슨 일을 저지를지 몰라 우리를 곤란하게 만든다. 그래서 사용설명서가 필요한 것이다. 그들이 어떤 메커니즘으로 움직이는지에 대한 설명서만 있으면 컨트롤이 가능해진다는 논리다.

그러나 타인보다 컨트롤하기 어려운 건 자기 마음이다. 마음은 자신의 소유물이지만 뜻대로 되지 않는다. 예를 들어, 초조해지기 시작하면 좀처럼 스스로 이를 멈출 수 없다. 이럴 때는 '외재화'라는 심리학 기법을 이용해 사용설명서를 만들면 좋다. 쉽게 초조해지는 사람은 자신을 일단 밖에 두고 '초조맨'이라 이름을 지어 주자. 그런 다음 초조맨이 어떤 경우에 나타났다 어떻게 하면 사라지는지 상세히 관찰해 메커니즘을 밝혀 내는 것이다. 그렇게 해서 완성된 '초조맨 사용설명서'에 따라 대처하면 컨트롤이 조금은 가능해진다.

이를 테면 유체이탈 같은 것이다. 마음에서 떨어져 마음을 밖에서 관찰한다. 우리는 이런 식으로 평소 자신의 사용설명서를 만들어 놓고 그럭저럭 자신을 컨트롤하면서 살아가고 있다. 당신도 그렇지 않은가. 스스로를 잘 조종하기 위해 어떤 형태로든 사용설명서를 만들고 있을 것이다.

그 사용설명서는 엉터리라 쓸모가 없다고? 그래도 괜찮다. 그럴 때는 상담실의 문을 두드려라. 상담사란 사용설명서 작성을 도와주는 전문가들이다. 함께 유체이탈 해 보지 않으실래요?

초조맨의 이야기

연재에 맞지 않게 마케팅 글을 쓸 정도로 마음은 컨트롤하기가 쉽지 않지만, 사실 하고 싶었던 말은 따로 있다. 사용설명서 붐 때문에 비록 지금은 사람들의 관심 밖에 있긴 하지만, 마음과 마주하기 위한 방법이 하나 더 있다. 사소설 쓰기가 바로 그것이다. 내 일의 절반은 사용설명서 작성을 돕는 일이지만 사소설 쓰는 일도 돕고 있다.

사소설이란 1인칭 시점에서 작가가 자신의 주변에서 일어난 일이나 그에 대한 생각, 느낀 점 등을 써 내려가는 소설을 말한다. 교과서적인 작품으로는 다야마 가타이의 《이불》이 그 효시로 알려져 있다. 나는 마법도 검도 등장하지 않고 살인사건도 일어나지 않아 재미가 없어서 중간에 읽다 말았다. 《이불》만 그런 게 아니라 사실 요즘 사소설은 인기가 없다. 이야기가 왔다 갔다 해서 정신이 없기 때문이다. 바쁜 현대인에게는 사태를 착착 정리해 주는 사용설명서가 깔끔해서 좋다.

하지만 상담할 때는 내담자로부터 사소설을 듣는다. 신변에 관한 이야기나 그날의 기분에 대해 단편적으로 계속 이야기한다. 예를 들어, 상사의 한마디에 짜증이 났던 이야기나 아침에 아이들의 태도에 화가 났던 이야기, 신호가 너무 길어 초조했던 이야기 등이다. 그런 자잘한 에피소드가 쌓이면 하나의 줄기가 보이기 시작한다. 그가 '내 마음도 몰라주고'라는 감정을 계속 느껴 왔다는 것도 이런 과정에서 드러나기 시작한다.

그럼 이야기가 확대돼 두서없이 이런저런 이야기들이 쏟아져 나온다. 학창 시절에 고립돼 있을 때 여자 친구가 손을 내밀어 주었던 일, 그녀와 아픈 이별을 해야 했던 이야기들이 흘러나온다. 어릴 적 어머니가 집을 나간 이후 그 일을 입에 담아서는 안 된다고 생각했던 일에 대해서도 털어놓는다. 이야기의 줄기가 굵직해지기 시작한다. '아무도 내 마음을 몰라준다'고 생각하며 살아온 초조맨의 스토리가 보이기 시작하는 것이다.

그럴 때 우리는 초조맨을 밖에서 관찰하고 있는 것이 아니다. 초조맨의 세계를 내면에서 함께 보고 있는 것이다. 그가 살아온 '남이 몰라주는 이야기'를 함께 체험하고 있는 것이다. 이런 체험이 초조맨을 바꿔 놓는다. 이것이 바로 현대인이 놓치기 쉬운 부분이다. 자신도 미처 깨닫지 못했던 이야기를 함께 나누는 행위는 다른 스토리를 새롭게 시작하는 힘이 된다. 서점에 꽂혀 있는 사소설들도 그럴 것이다. 스토리를 따라가다 보면 책의 마지막에서 주인공이 조금 변해 있다. 그리고 독자 또한 약간의 변화를 경험한다. 시간을 들여 풀어낸 이야기. 여기에는 마음을 변화시키는 힘이 있다.

워드와 엑셀

앞서 마음을 마주하는 방법에는 자신의 사용설명서를 작성하는 방법과 사소설을 작성하는 방법 두 가지가 있다고 소개했다. 그런데 컴퓨터로 일기를 쓸 때 엑셀을 이용하느냐, 워드를 이용하느냐에 따라 전혀 다른 일기가 되니 참고하기 바란다.

엑셀로 일기를 쓰면 사용설명서처럼 된다. 그날 있었던 일, 초조했던 정도, 기분, 수면 시간, 체중 등을 셀로 나눠 매일 기록해 나가면 자신의 성향이나 마음의 메커니즘을 알 수 있다. 이때는 '자신'을 마치 가전제품 분석하듯 퍼포먼스의 좋고 나쁨에 대해 체크할 수 있다. 엑셀은 자신을 위에서 내려다볼 때 도움이 된다.

이에 반해 워드로 일기를 쓰면 사소설처럼 된다. 단편적인 에피소드가 쌓이면서 그 시기에 자신이 어떻게 살았는지에 대한 이야기가 떠오른다. 때론 상당히 문학적으로 살아가고 있는 자신을 발견하기도 한다. 워드는 자기 안으로 깊숙이 들어가는 걸 도와준다.

마음에는 가전제품 같은 부분과 문학적인 부분이 있다는 이야기다. 단, 그건 크게 중요한 게 아니며, 문제는 어디서 보느냐이다. 다시 말해 3인칭 시점으로 바깥에서 보느냐, 1인칭 시점으로 안에서 보느냐에 따라 마음은 가전제품으로 보이기도 하고 문학으로 보이기도 한다.

지금은 사용설명서 붐이 일고 있고 사소설은 인기가 없다. 하지만 마음은 계속 컨트롤만 받으면 언젠가 피폐해질 것이다. 거기에는 스토리도 있으니 귀 기울이기 바란다고 쓰려고 했던 이번 원고가 어쩌다 보니 완전히 사용설명서처럼 되어 버린 걸 깨닫고 화들짝 놀랐다. 사용설명서 붐은 붐인가 보다.

변두리 주술사

*

나는 대학원생 시절에 아카데미아를 마법학교라고 생각했다. 쭉 늘어선 교수님들은 대마법사고 선배들은 소마법사였다. 그들이 주고받는 전문용어는 당최 알아들을 수 없는 주문 같았고, 연구실에 꽂혀 있는 책들은 모두 역사에 찬연히 빛나는 대현자들이 쓴 마법서로 보였다. 그때 나이가 20대 중반이라 동기들은 치열한 비즈니스 세계에서 금융상품이니 마케팅 전략이니 PDCA사이클(계획-실행-검사-수정을 의미하는 업무 진행 사이클—옮긴이)이니 하는 것들에 둘러싸여 고군분투하고 있는데, 나는 완전 판타지 세계에 빠져 있었다.

이게 다 임상심리학이라는 학문 탓이다(단언컨대 내 성격 탓이 아니다). 마음은 눈에 보이지 않고 손으로 만질 수도 없다. 현미경이나 망원경으로도 볼 수 없고 엑스레이에도 찍히지 않는다. 마음을 만지려면 마음을 사용해야 하고, 마음이 눈에 보이게 하려면 말을 사용해야 한다. 이 때문에 마법처럼 보였던 것이다.

컨퍼런스에서 한 교수의 코멘트를 듣고 종잡을 수 없었던 내담자의 마음이 안개 걷히듯 보이게 됐다면 이건 바람의 마법이다. 다른 교수의 이론을 듣고 내담자의 마음 깊숙한 곳에서 움직이기 시작한 이야기를 그려 낼 수 있었다면 그건 어둠을 비추는 빛의 마법이다.

옛날 사람들은 말에는 주술적인 힘이 있다고 믿었다. 아카데미아에서 다양한 이론과 개념에 대해 배우면서 말이 현실을 바꾸고 마음을 움직인다는 것을 확실히 실감하게 됐다. 물론 너무 심오해 무슨 말인지 알 수 없는 말도 많았지만, 그게 오히려 나의 판타지 혼을 자극했다. 아무튼 멋있었다.

그래서 마법학교 아카데미아인 것이다. 천리안처럼 마음속을 꿰뚫어 보고 연금술처럼 마음을 변용시키는 마법사들에게 둘러싸여 나는 심리학 공부에 매진했다. 아직 햇병아리지만 나도 언젠가는 별들을 움직이고 공룡으로 변신할 수 있는 레전드 대현자가 돼 볼 테다, 하고 이글이글 불타오르고 있었다.

전문 지식과 세상의 지혜

그로부터 15년이 흘러, 결국 어떻게 되었느냐 하면 아무래도 나는 대현자는 될 수 없을 것 같고 기껏해야 변두리 주술사가 고작일 것 같다. 바람과 빛을 자유자재로 다루는 고도의 마법을 쓰는 수준까지는 오르지 못했기 때문에, 성실히 약초를 빻고 두꺼비를 푹 끓이고 볏짚 인형을 만들고 있다.

물론 이는 비유다. 약초나 두꺼비, 볏짚을 어디서 구하는지도 모르고, 애초에 천리안도 연금술도 존재하지 않는다. 교수님이나 선배들도 실은 모두 보통의 양식 있는 시민들이었다. 아, 전부 내 판타지였나 생각하니 지난 15년이 서글프게 느껴진다.

전문가로 우뚝 서려면 마법이 풀려야 한다. 심리학 이론으로 마음을 모두 꿰뚫어 볼 수 있는 것은 아니라서, 심리학 기법만으로는 마음을 크게 변화시킬 수 없다. 마음은 실생활 속에서 드러나기 때문에 심리학에는 당연히 한계가 있다.

이 실생활의 느낌을 아는 것이 중요한데, 이때 옛날의 마법 대신 '세상의 지혜'를 쓰면 된다. 세상의 지혜란, 세상이란 어떤 곳이고 거기서 영위되는 삶에는 어떤 쓴맛 단맛이 있는지에 대해 지역별로 공유된 지식을 말한다. 세상에는 다양한 삶의 방식이 있는데, 무엇이 있으면 그럭저럭 살아갈 수 있고 무엇이 없으면 삶이 힘들어지는지 등 생활상의 당연한 리얼

리티를 상상할 수 있게 해 주는 것이 바로 세상의 지혜다.

세상의 지혜를 젊을 때는 잘 모른다. 그 이유는 임상 경험이 부족한 탓도 있지만 그것 때문만은 아니다. 아직 인생 경험이 충분하지 못한 탓이다. 조직에서 일하면서 돈이 풍족할 때도 있고 부족할 때도 있고, 다양한 인간관계 속에서 상처를 입기도 하고 치유를 받기도 한다. 그런 인생 경험이 세상이 어떤 것인지 가르쳐 준다. 중년에 세상의 지혜를 얻었다면 이보다 큰 보상은 없을 것이다. 이는 대학원의 커리큘럼에도 교과서에도 존재하지 않는 지혜다.

이 단계에 이르러서야 비로소 이론이 힘을 발휘하게 된다. 세상의 지혜는 바탕이 되고 여기에 심리학이 보조선을 긋는 것이다. 마음의 메커니즘에 대한 어느 정도의 가설에 따라 실제 생활 속에서 살아가는 마음을 손에 잡히듯 실감할 수 있게 된다. 이는 불확실한 것이기는 하지만 도움이 될 때도 있다.

심리사에만 국한된 게 아니라, 변호사, 엔지니어, 편집자 등도 모두 마찬가지일 것이다. 학교에서 배울 때는 전문 지식이 모든 문제를 해결할 수 있는 마법처럼 보인다. 하지만 세상의 지혜가 쌓이면 마법은 풀리고 자신의 일에 한계를 깨닫게 된다. 그때서야 비로소 우리는 진정한 전문가가 되는 것이다.

마법이여 다시 한번

임상심리학은 마법이 아니다. 이건 분명하다. 그럼에도 솔직히 말하면 내가 정말 변두리 주술사가 아닌가 하고 느낄 때가 있다. 도시에 사는 다양한 사람들이 생활 속에서 겪는 어려움이나 인생의 고뇌를 안고 남몰래 상담실을 찾아온다. 중세에는 주술사가 했던 일이다.

하지만 나는 비법의 약도 없고 고도의 마법도 쓸 줄 모르니 미라클을 일으킬 수는 없다. 그렇다고 할 수 있는 게 전혀 없는 것도 아니다. 세상의 지혜와 심리학을 믹스해 마음을 이해하려 애쓰고 문제를 해결하려 노력하고 있다. 물론 그 과정이 쉽지는 않다. 내담자들은 얽히고설켜 쉽게 해결할 수 없는, 복잡한 사정이 있어 일부러 변두리까지 찾아오는 것이다.

그래도 때때로 마음은 변한다. 180도로 확 바뀌는 일은 없지만 딱 한 번 방향을 바꿀 때가 있다. 예를 들어, 어느 순간부터는 아주 조금 타인을 용서할 수 있게 된다. 이는 아주 작은 변화지만, 이 한 번이 생활에 극히 작은 변화를 가져오고, 이런 시간이 쌓이면 인생은 확실히 변화하기 시작한다.

이 한 번은 마치 기적처럼 느껴진다. 마법 같은 일이다. 물론 내가 건 마법은 아니다. 이는 내담자의 마음속에서 일어나는 신비한 힘이다. 매번 인간의 대단함에 놀란다.

젊을 때 교수님들이 대마법사처럼 보였던 것은 그 힘 때문이었을지도 모른다. 그들은 마법을 쓸 줄 몰랐지만, 마음에 신비한 힘이 있다는 걸 수없이 경험했던 것이다. 그 무렵에 나도 그 신비한 감각을 살짝 맛봤을 것이다. 그래서 지금도 이렇게 이 일을 계속하고 있는 것 같다.

하등동물령의 밤

*

"인격을 바꿔!"

이런 날벼락 같은 호통을 들은 것은 지금으로부터 15년 전이다. 잊히지도 않는다. 늦은 밤 대학원생실에서였다. 지금은 둥글둥글해져 튤립에서 막 튀어나온 요정 같은 인격의 소유자가 됐지만, 당시의 나는 하등동물의 혼이 대여섯 마리 씐 요망한 칼, 요도妖刀 같았다. '학문이란 전제를 의심하는 행위'라는 테제를 너무 곧이곧대로 받아들인 탓이다. 선배들의 모든 말과 행동에 딴죽을 걸고 다녔고 격렬하게 말대답을 했다.

"복도에서 큰 소리로 말하는 건 자제하시죠."

학문적인 이야기뿐 아니라 일상적인 부분까지 일일이 노골적으로 주의를 줬으니 무례하긴 했다. 개인적으로는 소크라테스의 흉내를 낸 것이었는데, 주위에서 보기엔 그저 광견병 걸린 개로밖에는 보이지 않았을 것이다(그게 진실이기도 했다). 당연히 나는 모두에게 따가운 눈총을 받게 됐고 대학원에서의 내 입지는 날로 나빠져만 갔다.

평범한 어른이었다면 그 정도에서 자신을 되돌아봤을 텐데 하등동물의 혼은 달랐다. 사람들의 눈총이 따가워지면 질수록 더 포악해지는 것이 바로 동물령이다. 나는 점점 더 안하무인이 돼 갔다. 그러다 어느 순간 임계점을 뚫고 나갔는지 선배들한테 불려 가는 지경에 이르렀다. 선배들도 더 이상 두고 볼 수 없었던 모양이다.

"야, 너, 대체 무슨 생각으로 사냐?"

밤에 대학원생실에서 기다리고 있던 것은 두 기수 위의 우수하다고 소문난 여자 선배였다. 그 선배의 분노는 극에 달해 표정과 말투가 솔직히 엄청 무서웠지만, 겁에 질릴수록 강하게 나가는 것이 바로 하등동물령이 아니던가.

"뭐가 문제입니까? 확실히 말해 주세요."

이 한마디가 불에 기름을 부었다. 선배의 관자놀이가 부들부들 떨리기 시작하더니 선배는 고등동물령이 됐다. 그러더니 포효했다.

"야! 인격을 바꿔!"

내 하등동물령의 정체는 치와와였다. 광견병에 걸렸다고는 해도 도베르만이 으르렁 한번 하면 깨갱한다.

"죄송합니다."

아, 역시 나는 인격을 바꿔야 하나 하고 풀이 죽어 물어
봤다.

"저기…… 인격이라 하시면 어디를 어떻게 바꾸면 좋을
까요?"

이 말이 선배의 심기를 다시 건드렸다. 고등동물령은 격
앙됐다.

"너, 바보야? 그건 스스로 생각해야지!"

침팬지의 우리 바꾸기

계급이 낮은 침팬지에 대한 이야기가 떠오른다. 예전에
침팬지의 심리 케어에 관심이 있어 영장류 학자나 수의사, 사
육사에게 이야기를 들으러 다닌 적이 있었다. 침팬지도 마음
의 병을 앓는다. 특히 무리 중 계급이 낮은 침팬지는 스트레
스가 쌓이기 쉽다.

그도 그럴 것이 무리 내에서의 인간관계, 아니 '침간관
계'에서는 계급이 낮을수록 여러 모로 신경 쓸 일이 많은 데
다, 왕따나 공격의 대상이 되기 쉽기 때문이다. 이런 일들이
반복되다 보면 우리 한구석에 틀어박혀 털 고르기에도 참여
하지 않고 식사도 잘 못하게 된다. 즉, 우울증 증상을 보이게
되는 것이다.

게다가 계급이 낮은 침팬지 중에는 '짜증나게 하는 녀석' 들도 있다. 분위기 파악을 하지 못하고 무리의 질서도 잘 지키지 못해 주위에서 보기에 성가신 녀석들이다. 이런 녀석들은 여기저기서 두들겨 맞아 만신창이가 되곤 한다. 어쩌면 선배 침팬지한테 밤늦게 불려가 "야, 너, 인격, 아니 침격을 바꿔!" 하고 호통을 들을지도 모른다. 그럼 그때부터 무리가 무서워서 공격적이 되거나 침간관계에서 엉뚱한 짓을 한다.

이럴 때가 사육사들이 실력 발휘를 할 때다. 사육사들은 침격을 바꾸기 위해 설교를 하거나 훈육을 하지 않고 녀석들의 우리를 바꿔 준다. 침격을 관찰해 잘 맞을 것 같은 침팬지가 있는 우리로 옮겨 주는 것이다.

원래 문제가 있는 녀석이기 때문에 결국 또 만신창이가 되기도 하지만, 의외로 잘 지내는 경우도 있다. 친근하게 대해 주는 선배가 한 마리라도 있으면 드디어 우리에 녀석이 있을 곳이 생긴다. 그럼 침격이 바뀐다. 여전히 분위기 파악을 하지 못해도(이런 건 쉽게 바뀌지 않는다) 화를 덜 내게 되고 우리 구석에 틀어박혀만 있지 않고 털 고르기에도 참여할 수 있게 된다. 불안이 가라앉으면 이 정도면 친구해도 괜찮겠다고 주변에서 생각할 정도의 침격은 된다.

환경 탓

계급이 낮은 침팬지 에피소드를 들었을 때 나는 감동했다. 그 이유가 몇 가지 있는데, 첫 번째는 '문제 있는 녀석'이 된 것은 본인 탓이라기보다는 환경 탓이 크다는 것을 가르쳐 주었기 때문이다. 불우한 때일수록 그 사람의 본색이 드러난다고들 하는데 그건 거짓말이다. 인격이 좋고 나쁘고는 주변 사람들이 어떻게 대하느냐에 달렸다.

두 번째는 주위와 전혀 잘 지내지 못하는 녀석이라도 '여기가 아닌 다른 곳에서' 잘 지낼 수 있는 상대를 만날 수 있다는 점이다. 우리는 평소 좁은 커뮤니티에서 살아가고 있고 거기서 잘 지내지 못하면 절망하기 쉽다. 나 같은 인간은 어디를 가도 안 된다고 체념하기도 한다. 하지만 세상 어딘가에는 의외로 마음이 맞는 사람이 존재한다. 그래서 반을 바꾸거나 전학을 가고 이직을 하거나 이사를 가는 데는 인격을 바꾸는 커다란 힘이 있다(같은 수준으로 위험도 따르지만).

누군가의 인격을 바꾸려면 잘해 줘야 한다. '짜증나는 녀석'에게 잘해 주는 건 쉬운 일이 아니다. 하지만 따가운 눈총은 사태를 더 어렵게 만들 뿐이며, 따뜻한 눈길만이 사람을 바꿀 수 있다. 위험에 처해 벌벌 떨 때가 아니라 안전하다고 느껴질 때만이 사람은 바뀔 수 있다.

두말할 것도 없이 그날 밤 이후로도 내 인격은 바뀌지 않왔다. 도베르만이 무서워서 겉으로는 다소 얌전해졌을지 몰라도 마음속으로는 언젠가 반드시 복수하겠노라며 이를 갈았다. 그러다 대학원생이라는, 사회적으로 불안정한 위치에서 벗어나 취직을 하자, 서서히 요도에서 독이 빠져 튤립 요정처럼 바뀌어 갔다. 선배들도 마찬가지였을 것이다. 활발하게 활동 중이라는 이야기를 전해 들었다. 아마 지금쯤은 해바라기 요정이 돼 있을 것이다. 어딘가 꽃밭에서 다시 만난다면 그때 짜증나는 후배를 못 본 척하지 않고 충고해 준 것에 대해 고맙다는 말을 전하고 싶은데, 그날 일을 이제는 웃으며 이야기할 수 있을까?

꾀병은 마음의 감기

＊

나는 어릴 때 자주 꾀병을 부렸다. 학교에 가고 싶지 않은 날이면 '머리가 아파'라든가 '몸이 나른해', '배가 아파서 죽을 것 같아' 하고 아픈 척 연기를 했다. 처음에는 감기라고 하면 그냥 믿어 줬는데, 힘든 표정을 짓다가 결석하라는 허락만 떨어지면 신이 나서 TV를 보기 시작하니 서서히 부모님도 수상하다고 생각했는지, 어느 순간부터는 증거를 대라고 했다. 그리고 체온을 쟀을 때 37도 이상이 나와야 허락이 떨어졌다.

그때부터 골치가 아팠다. 꾀병은 과학에 약하다. 귀여운 어린아이가 꾀병 좀 부리겠다는데 체온계는 봐주는 법이 없다. 기계는 거짓말을 못한다. 앞으로 의료도 인공지능화될 것이라고들 하는데, 이럴 때 분위기 파악 좀 하고 37.7도 정도의 적당한 숫자를 표시해 주는 배려심 넘치는 A.I.는 과연 개발되고 있으려나.

여하튼 인간은 기계의 노예가 아니다. 인류의 존엄을 위해서라도 체온계의 지배에서 벗어나야 한다. 호모 사피엔스로서의 사명을 자각한 나는 머리를 쥐어짰다. 이렇게 해서 생각해 낸 것이 바로 잠옷 소매로 체온계를 빡빡 문지르는 기술이었다. 먼 옛날 우리 조상들이 불을 지폈던 것과 같은 방법으로.

문제는 에너지의 조절이다. 테크놀로지는 폭주하기 쉽다. 한번 발생한 열을 컨트롤하는 것은 매우 어려워서 방심하면 체온계가 39.8도까지 올라간다. 그렇게 되면 병원에 가야 하기 때문에 느긋하게 TV를 볼 수가 없다. 그럼 다 무슨 소용이란 말인가. 오랜 수련 끝에 내가 도달한 건 장인의 영역이었다. 인간문화재가 일본도를 갈듯 나도 정밀하고 섬세하게 체온계를 문지르는 경지에 올라, 매번 일정하게 37.4도가 나오게 됐다. 병원에 데려갈 정도는 아니고 하루 결석을 시켜 상태를 보고 싶어지는 환상적인 체온이다.

이렇게 원하면 언제든 꾀병을 부릴 수 있게 된 난 걸핏하면 결석을 했다. 이런 나를 곁에서 지켜보던 여동생은 내가 병약한 인간이라 요절할 거라고 생각했단다. 성격이 나쁜 것도 죽을 때가 가까운 탓이라 생각하며 참았다고 한다. 그럴 정도로 나의 꾀병은 완성도가 높았다. 연기도 훌륭했고 증거도 확실했다.

꾀병은 가짜 치료법으로

'우울증은 마음의 감기'라는 말이 있는데, 이건 제약회사가 신약 판촉을 위해 만든 광고 카피였고, 우울증을 감기라고 하기에는 무리가 있다. 오래갈 뿐 아니라 인생에 심각한 영향을 주기 때문이다. 우울증은 감기처럼 가벼운 병이 아니다.

오히려 꾀병이 '마음의 감기'가 아닐까 싶다. 나름 열심히 매일 학교와 직장에 다니다가 어느 날 갑자기 '오늘은 가기 싫다'는 생각이 드는 순간이 있다. 이를 땡땡이라고 해서는 안 된다. 땡땡이라 하더라도 '땡땡이를 치고 싶다'고 생각하는 순간 이미 당신은 평소와 다르다. 당신의 마음이 염증을 일으켜 열이 나고 있는 것이다.

그런데 마음에서 나는 열은 체온계로 잴 수 없어 어렵다. 우울증을 바라보는 의료인류학적 관점에는 동서양 간 차이가 있다. 서양에서는 우울증이 정신의 변화로 나타난다고 보는 반면, 일본을 포함한 동아시아에서는 신체의 변화로 나타난다고 보는 경향이 있다.

동양의 문화는 몸에 확실한 증상이 나타나기 전까지는 환자로 인정하지 않기 때문에 이를 이유로 요양을 하기는 쉽지 않다. 하지만 몸에 증상이 나타났을 때는 이미 우울증이 상당히 진행된 상태이기 때문에 이렇게 되기 전에 치료를 시작해야 한다.

우울증에 걸리지 않으려면 몸과 마음을 단단하게 단련하는 것이 가장 중요할 것 같지만 실은 그렇지 않다. 철처럼 마음도 너무 단단하면 뚝하고 부러지기 쉽다. 우울증 치료의 왕도는 우울증이 아직 많이 진행되지 않았을 때 빨리 발견해 꾸준히 치료를 받는 것이다.

그런 관점에서 꾀병이야말로 가장 강력한 건강법이라 할 수 있다. 마음에서 열이 나는 것을 민감하게 알아차리고, 과장된 연기로 자신의 상태가 좋지 않다는 것을 어필해 휴식을 취하고 주위의 케어를 받는 것이다. 몸이 아픈 척 연기를 하면 진짜 몸이 아픈 것 같다. 열이 나지 않는데도 열이 나는 것 같은 기분이 든다. 그럼 된 거다. 당신 마음에 쌓여 있던 피폐함이 몸을 망치지 않고 발산될 것이다.

반대로 주위에서 꾀병을 부리는 사람을 발견하면 그 연기에 맞장구를 쳐 줘야 한다. 예를 들어, 아이가 꾀병을 부리면 근거를 대라고 하지 말고 각본에 따라 돌보는 연기를 해 주는 것이다. 걱정해 주고 쉬게 해 주자. 눈에는 눈, 연기에는 연기로 받아쳐 주는 것이다. 꾀병을 고쳐 주는 건 가짜 치료다. 그렇게 하지 않으면 '마음의 감기'는 '마음의 폐렴'으로 발전해 장기 요양을 떠나야 할 수도 있다. 게다가 후유증이 남을 수도 있다.

꾀병도 괜찮아

이런 이야기를 쓰게 된 것은 최근 연일 과로를 했기 때문이다. 야심한 밤에 마치 줄넘기를 하듯 경쾌하게 쓸 수 있을 거라 생각했던 주간 연재는 예상했던 것 이상으로 힘들었다. '더 이상은 무리야, 이대로 가다가는 다른 일에도 지장이 생길 거야.'라는 생각에, 어젯밤에 〈주간 문춘〉 편집부에 한 달 동안 연재를 쉬게 해 달라고 요청했다. 그랬더니 담당 편집자로부터 바로 답장이 왔다. 답 메일에는 위로와 걱정, 그리고 무엇보다 쉴 수 있을 것 같다는 내용이 담겨 있었다(근거를 대라는 이야기도 없었다).

이 메일에 위로받았다. 아, 그렇구나, 이제 쉴 수 있구나. 그렇게 생각하니 조금 기운이 났다. 하지만 동시에 죄책감도 몰려왔다. 이 정도 일로 기운이 나다니 설마 서른일곱 살이나 돼서 꾀병을 부린 건 아닌가, 별일 아닌 걸로 주위를 난처하게 만들다니 사회인 실격이다! 하는 목소리가 들려오는 듯했다.

하지만 다른 목소리도 들려왔다. 아니, 이건 달라. 꾀병이든 뭐든 괜찮아. 평소 나도 내담자들에게 그렇게 말하고 있잖아. 어떤 일도 대체가 안 되는 일은 없고 나중에 얼마든지 만회할 수 있어. 주위를 곤란하게 하지 못하는 게 병이야. 꾀병은 마음의 병이야. 마음의 병은 다른 사람들이 신경을 써 주지 않으면 회복되지 않아. 심리학자는 더더욱 앞장서서 일찍 연재를 쉬고 싶다고 투정을 부려 타의 모범을 보여야 한다!

이렇게 생각하니 마음이 편해졌다. 인간문화재는 체온계를 케이스에 얌전히 다시 넣었다. 걱정을 끼쳐 죄송합니다. 쉬지 않고 조금 더 버텨 보겠습니다. 아니 어쩌면 얼마 안 가 결국 쉬겠다고 할지 모르겠습니다만.

마음의 자

＊

　　나의 본업은 상담인데 세상에는 상담뿐 아니라 정신의료, 종교, 보디워크(올바른 자세를 통해 인체의 구조와 기능의 효율성을 증진시켜 건강한 몸과 마음을 만드는 모든 작업－옮긴이) 등 헤아릴 수 없을 만큼 다양한 마음 치료법이 있다. 나의 전문 분야는 이를 비교 분석해 머릿속으로 정리해 보는 것이다. 최근 몇 년간 관심을 갖고 조사해 온 게 바로 '코칭'이다. 간략하게 요약하자면 '어떻게 되고 싶어?' '그러려면 뭐가 필요해?'라는 식의 질문을 던지면서 내담자가 목표를 달성해 가는 것을 도와주고 마음의 변화를 이끌어내는 방법이다.

　　상담과 코칭은 역사적으로는 조상이 같은 친척뻘 관계로 비슷한 구석도 꽤 있다. 하지만 한 가지만큼은 도저히 동의할 수 없는 것이 있다. 그들이 종종 사용하는 '상담은 마이

너스에서 제로로, 코칭은 제로에서 플러스로'라는 문구다.

무슨 의도인지는 알겠다. 상담은 '병에 걸린 사람'을, 코칭은 '건강한 사람'을 대상으로 한다는 이야기일 것이다. 물론 상담은 마음속 '상처 받은 부분'에 초점을 맞추는 경향이 있고, 코칭은 '건강한 부분'에 초점을 맞추는 경향이 있으니 일리는 있다(실은 경우에 따라 다르기는 하지만). 하지만 상담사로서 한마디 하고 싶다. 마음의 변화란 결코 마이너스에서 플러스로 수직선을 걷지 않는다. 마음의 자는 흐물흐물해 똑바르지 않다.

무속인이 웃었다

중립을 지키기 위해 영능자靈能者(신령한 능력이 있는 사람) 이야기를 해 보자. 뭘 감추겠는가? 나는 대영능자들의 팬이다(졸저 《들판의 의사는 웃는다》를 참조하기 바란다). 라멘 마니아가 출장을 가면 그 지역 라멘집부터 찾듯, 나도 다른 나라에 가면 반드시 그 지역의 영능자를 찾아간다. 아주 오래전 한국의 제주도에 갔을 때 '무속인'이라 불리는 영능자를 만나러 갔다.

아직 해가 뜨기 전에 시내 뒷골목에 있는 작은 집을 찾아갔더니, 호소키 가즈야(육성점술의 창시자—옮긴이)와 비슷한 헤어스타일을 한 무속인이 나를 맞아 주었다(참고로 대만에서 만난 영능자도 헤어스타일이 비슷했다).

"당신이 올 거라는 건 알고 있었소. 요 며칠 이상한 꿈을 꿨거든." 만국 공통의 영능자식 환영 인사를 받은 나는 시간이 정해져 있었기 때문에 인사는 그 정도로 하고, 지금에 이르기까지 그녀의 인생 이야기를 듣기로 했다.

무속인이 되기 전까지 그녀는 줄곧 불행했다. 가난한 가정에서 태어나 어릴 때부터 돈을 벌러 나가야 했고 어린 나이에 결혼을 해 아이를 낳았지만 남편은 일을 하지 않았다. 일은커녕 매일 술을 마시고 폭력을 휘두르다 바람이 나 집을 나가 버렸다. 그래서 그녀는 아이를 위해 밤낮을 가리지 않고 뼈가 으스러지도록 일만 했다. 그러다 몸이 망가져 더 이상 일을 할 수 없게 됐다. 인생에 뜻대로 되는 것이 하나도 없자 그녀는 차라리 죽는 게 낫겠다고 생각했다. 그렇게 그녀의 마음은 병들어 갔다.

본론은 여기부터다. 그 무렵부터 그녀는 자주 꿈을 꿨다. 꿈에는 귀신과 부처, 신들이 나타나 가위에 눌렸다. 뭔가 이상하다는 생각이 들었지만 뭐가 이상한지 그때는 몰랐다. 혼란스러워하는 그녀를 보다 못한 친척이 동네 무속인에게 데려갔다. 그러자 선배 무속인은 그녀를 한눈에 알아봤다.

"이건 신이 내리려는 거야."

낫고 싶으면 내림굿을 받고 무속인이 되는 방법밖에는

없다고 했다. 말도 안 돼! 무속인은 되고 싶지 않아! 그녀는 완강히 거부했다. 하지만 이상한 꿈은 계속됐고 몸은 계속 비명을 지르고 있었다. 결국 모든 걸 체념한 그녀는 내림굿을 받고 신과 귀신과 교류할 수 있게 됐다. 그러자 증상이 서서히 가라앉았다. 그녀는 그렇게 무속인이 됐다. 시내에 작은 거처를 마련하고 매일 영적인 문제를 안고 있는 사람들을 위해 점과 굿을 해 생계를 유지할 수 있게 됐다. 한마디로 요약하자면 불행 끝에 병을 얻게 된 그녀는 무속인이 되자 병이 나았다는 이야기다.

"내 아이는 절대 무속인은 시키고 싶지 않아. 세상에 이보다 힘든 일은 없어."

"뭐가 힘듭니까?"

"귀신이 버거워서 몸도 마음도 괴로워. 매일같이 그만두고 싶다는 생각을 하지만 그만두려고 하면 더 괴로운 일이 생기니까 그만두질 못하는 거야."

신 내림을 받았기 때문에 도망칠 수 없는 것이다.

"그래도 좋은 일도 있네. 이렇게 당신과 만났으니."

무속인이 웃었다.

"돈도 많이 줬잖아. 오늘은 땡잡았어."

이 또한 인생인 거야, 라고 말하는 것 같았다.

흐물흐물 휘다

"힐링된다."라는 말을 들으면 '온천에 몸을 담그고 피로를 푸는 이미지'가 연상된다. 마음의 긴장을 풀고 원래대로 돌아가는 느낌이다. 물론 피곤할 때는 그걸로 충분하다.

하지만 힘든 일을 겪다 병을 얻고 거기서 회복해 갈 때는 이전의 자신으로 돌아가지 않고 중간에 다른 일이 생긴다. 무속인이 그랬다. 그녀는 무속인이 되고 싶지 않았지만 몸과 마음의 고통에서 어떻게든 벗어나기 위해 무속인이 될 수밖에 없었다. 불행했던 인생이 그때까지와는 전혀 다른 방향으로 흘러가 버린 것이다.

마음의 자는 흐물흐물해서 잘 휘어지기 때문에 플러스와 마이너스의 기준 자체가 바뀔 수 있다. 왜냐하면 마음의 병은 기존의 자로는 자신의 인생에서 일어나는 일들을 긍정할 수 없게 됐을 때 생기기 때문이다. 이럴 때 무속인이나 상담사, 코치가 필요하다. 그들은 그때까지의 인생에서 있었던 플러스와 마이너스를 뒤섞은 다음 새로운 마이너스와 플러스를 제시한다. 마음의 병이 잘 치료될 때 마음의 자는 휘어진다. 그럼 이전에 마이너스였던 것이 플러스로 보이고 플러스였던 것이 마이너스로 보이기 시작한다. 마음이 바뀐다는 것은 그렇게 삶의 방식이 바뀌는 것을 의미한다.

재미있는 것은 새로운 자가 무엇이어야 하는지에 대한

견해가 상담사와 코치, 무속인에 따라 각기 다르다는 점이다. 다시 말해 '무엇이 플러스인가?'는 마음을 치료하는 사람에 따라 다르다(개인에 따라서도 다르다). 그래서 사람에 따라 맞을 수도 있고 그렇지 않을 수도 있기 때문에 마음을 치료하는 사람들끼리는 종종 라이벌 관계가 되곤 한다. 나는 이대로 좋다고 생각한다. 우리가 살고 있는 사회에서는 바른 삶의 방식이 하나가 아니기 때문에 마음의 자가 여러 개 있는 게 좋다.

마음을 치료하는 사람들끼리는 잠재적 라이벌 관계에 있으며 서로 치열하게 경쟁하고 있다. 그런 까닭에 이 글도 중립적이라기보다는 약간 상담사 편을 드는 느낌도 있으니 이 점은 부디 독자 여러분의 너른 양해를 바란다.

종이신을 숭배하라

*

네티즌들아, 종이신을 숭배하라. 하늘 높은 데서는 종이신께 영광('대영광송'의 패러디―옮긴이).

미리 밝혀 두지만 나는 신심이 깊은 사람이 아니다. 원래는 모태신앙으로 유아영세를 받은 가톨릭 신자이지만, 성당에 나가지 않는다는 이유로 매정한 친척들은 나를 '가假톨릭'이라 부른다. 역사적으로 보면 심리학은 신이 존재하지 않았던 시대, 즉 사람밖에 없던 시대에 사람을 믿기 위해 생겨난 학문이다. 따라서 상담이 생업인 이상 신을 숭배하고 있을 때가 아니라는 궤변으로 친척들을 현혹시킬 정도로 나는 신심이 깊지 못하다.

하지만 종이신에 대한 신앙심은 깊다. 귀의했다고 해도 무방하다. 우리 곁에 계시는 자애로우신 종이신은 항상 우리를 지켜보고 계신다. 알렐루야!

새삼 이런 생각을 하게 된 것은 '꾀병은 마음의 감기' 편에서 너무 피폐해져서 연재를 쉴지도 모른다고 엄살을 부렸더니, 독자로부터 격려의 편지가 왔기 때문이다. 꾀병 부리다 받으니 죄송한 마음이 컸지만, 그래도 걱정해 주는 사람이 있다는 건 역시나 기쁜 일이다. 순간 꾀병이 좋아질 것 같은 느낌마저 들 정도였다.

분명히 밝혀 두지만 편지라서 좋은 것이다. 이게 다 종이신의 은공이다. 물론 이메일이나 SNS로 격려해 주는 것도 대단히 감사한 일이지만, 네비토根人(종이신 교단의 종교 용어로 '네비토' 또는 '넷'이라고 읽는다)에는 꾀병을 치료할 만큼의 영력은 없다. 그래서 이번에는 왜 종이신에게만 이런 위대한 힘이 있는지에 대해 백성들에게 고해 만방에 알리고자 한다. 전자책으로 이 책을 읽고 있는 당신, 당장 회개하라. 이 시대 소돔과 고모라 같은 킨들Kindle은 멸망하고 종이의 시대가 오리니 종이신을 숭배하라!

마이 복음서: 종이는 사랑입니다

백성들이여, 종이신은 슬퍼하고 계십니다. 이대로 가다가는 재앙신, 아니 재앙종이가 돼 버리실 것입니다. 여러분이

페이퍼리스화 따위로 종이신을 모독하는 일에 손을 댔기 때문입니다.

물론 종이신은 결점투성이입니다. 회의가 있으면 종이신을 복사하기 위해 복사기 앞에서 불필요한 시간을 낭비해야 하고, 이름과 소속이 인쇄된 종이신을 초면인 사람과 주고받는 것 또한 번거롭기 짝이 없습니다. 게다가 이 종이신들은 걸핏하면 행방불명이 되시곤 합니다.

그뿐이 아닙니다. 종이신의 가장 큰 결점은 속도가 늦다는 데 있습니다. 여러분이 이 칼럼을 인쇄된 종이신으로 영접하는 건 설 연휴가 끝나고도 꽤 시간이 지나서일 텐데, 저는 이걸 12월 24일 밤에 쓰고 있습니다. 종이신이 모습을 드러내시기까지는 상당한 시간이 걸립니다. 그러니 계절을 소재로 따끈따끈한 글을 쓸 수 없다는 점이 어렵습니다. 참고로 제가 종이를 신으로 떠받들어 글을 쓸 생각을 하게 된 것은 크리스마스이브에 신자들이 모여 있는 성당에 결국 가지 못했기 때문입니다. 아멘, 알렐루야.

아, 가엾도다. 종이신은 인터넷을 이길 수 없습니다. 인터넷은 무한정 복제가 가능하고 간단히 검색할 수 있어 편리합니다. 무엇보다 악마처럼 재빠릅니다. SNS라도 할라 치면 순식간에 꺼림칙한 말들이 퍼져 나갑니다. 땅의 저주를 받은 인터넷은 번창했으나 수원이 더러워졌나니 회개하라. 종이신의 나라가 가까이 왔다.

백성들아, 들으라. 신앙의 본질은 역전에 있습니다. 죽음은 삶이 되고 보잘것없는 것이야말로 고귀한 것입니다. 그러니 종이신의 결점이야말로 실은 은혜인 것입니다. 느리고 번거로운 것은 종이신이 물질이기 때문입니다. 인터넷이 빠르고 편리한 것은 그것이 정보일 뿐이기 때문입니다. 정보와 물질 중에서 위대한 것은 항상 물질입니다. 이것이 종이의 이치입니다.

왜냐? 우리는 물질을 사랑할 순 있어도 정보를 사랑할 순 없기 때문입니다. 정보는 처리되면 스쳐 지나가 버리지만 물질은 우리 곁에 남습니다. 이때 우리는 종이신과 밀접한 관계를 만들 수 있습니다. 그렇습니다. 종이신은 사랑이십니다. 사랑 안에 머무르는 사람은 종이신 안에 머무르고 종이신께서도 그 사람 안에 머무르십니다(요한서 4장 16절의 패러디—옮긴이). 아멘 알렐루아 닷컴.

마음의 부드러운 부분

중간부터는 나도 이야기가 어떻게 흘러가는지 모르겠다. 오늘밤은 크리스마스이브인 탓에 종이신에 빙의된 광신적인 예언자가 돼 버렸다고 생각하고 부디 양해해 주기 바란다. 단, 마지막으로 이 종이 복음을 여러분들도 이해할 수 있도록 세속의 말로 번역해 두고자 한다. 종이와 인터넷은 모두 이동수단 같은 것이다. 둘 다 마음을 어딘가로 옮길 수 있다. 하지만 태울 수 있는 마음의 부분이 서로 조금씩 다르다.

인터넷에 올라타기 쉬운 것은 마음의 단단한 부분이다. 고속으로 달려도 헤어져서 끊기지 않는, 윤곽이 또렷한 말들은 인터넷을 통해 멀리까지 간다. 신념이 있고, 하고 싶은 말이나 느낀 점이 분명하다면 인터넷을 사용해도 문제가 없다.

이에 반해 마음의 부드러운 부분은 종이를 이용해 옮기는 것이 좋다. 스스로도 실은 무슨 말을 하고 싶은지 잘 모르지만 그래도 뭔가를 전하고 싶을 때, 그 복잡하고 다의적인 말들은 천천히 옮겨지는 것이 좋다. 크리스마스에 쓴 원고는 새해가 밝아야 전달되는 정도가 딱 좋고, 책은 시간을 들여 읽을 수 있는 것이 장점이며, 편지는 실물이 남아서 좋다.

마음은 정보 이상의 것들로 가득 차 있다. 그 뉘앙스는 깨지기 쉽고 잃어버리기 쉬운 것들이지만, 종이가 그 부드러운 부분을 포근하게 감싸 준다. 이는 반질반질한 인터넷은 하기 어렵고 거칠거칠한 종이가 적합하다. 이런 마찰이 글을 쓴 사람과 읽는 사람의 친밀한 커뮤니케이션을 가능하게 해 준다.

종이신이 하고 싶었던 역할은 아마도 이런 것일 텐데, 실은 이번에 받은 격려의 편지에 이 모든 내용이 담겨 있어 그대로 인용한다.

"전달 방법이 수고스러운 수단일수록 말에 질량이 생긴

다고 생각합니다."

　　그래서 편지를 쓴다고 적혀 있었다. 멋지지 않은가. 종이인 것도 멋지지만 그 이상으로 연재에 쓸 소재까지 제공해 줬으니 신이라는 말 외에 달리 표현할 방도가 없다. 여러분도 이참에 이런 통찰과 소재가 넘치는 편지를 보내 보시라. 알렐루야.

PART 4

겨울

입시의 신

＊

부모에게 신이 내린 경험을 한 적이 있는가. 나는 있다. 중학교 입시 전날 밤의 일이라 잊히지도 않는다. 중학교 입시는 부모와 아이가 총력전을 벌이는 경우가 많다. 하지만 당사자인 수험생들은 정작 피구나 게임에 빠질 나이다. 이런 꼬맹이들이 미래의 위험성을 피하고 자신에 대한 투자라는 계산하에 입시를 선택할 리 없다. 그건 다 부모들의 꿈이자 계획이다. 부모가 지휘하고 아이는 공부한다. 부모는 장교이고 아이는 졸병이 되는 것이 바로 중학교 입시다.

적어도 우리 집은 그랬다. 아니, 우리 집은 한 가지 특이한 점이 더 있었다. 어찌 된 일인지 공부도 어머니가 했다. 물론 나도 일단은 사칙연산이나 이산화망간, 게이힌공업단지정도는 공부했다.

내 딴에는 눈물겨운 노력을 했던 것이다. 그러나 어머니는 그 이상으로 공부했다. 1지망이었던 명문 아자부 중학교의 기출문제를 어머니는 반복적으로 풀고 또 풀었다. 여름에는 반딧불이의 빛으로, 겨울에는 눈에 비추어 공부해 공을 이뤘다는 뜻의 형설지공이 떠오를 정도로 기출문제를 풀며 세월을 보내더니, 급기야 중학교 입시의 신이 강림했다. 나한테가 아니라 어머니에게.

"내일은 어업이 나온다, 나온다."

입시 전날 마지막 만찬을 마치고 부엌에서 설거지를 하는 줄 알았던 어머니가 빙의돼 방언을 시작했다.

"야이즈항의 어획량이 나온다, 나온다."

전율하는 나에게 어머니가 참고서의 어업 페이지를 펼치며 다그쳤다.

"아들아, 너는 여기를 머리에 새기고 자거라."

입시의 신이 말했다.

"그리하면 아자부의 문이 열릴 것이다."

식어 빠진 로스트비프

엄동설한이었던 1995년 2월 3일 해질녘. 나와 어머니가 활짝 열린 아자부의 문으로 들어서자, 입시에 전력 질주해 온

부모와 아이들이 줄지어 건물 안쪽으로 향하고 있었다. 모두 하나같이 비장한 표정이었다.

안쪽에서 나오는 부모와 아이들의 표정은 둘로 갈렸다. 환희에 찬 부모와 아이, 그리고 절망으로 망연자실한 부모와 아이로. 갑자기 나는 과연 어느 쪽일까 하고 불안이 엄습했다.

필로티를 통과하자 중정이 나왔다. 중정 안은 사람들로 발 디딜 틈이 없었다. 하얗고 차가운 불빛이 더 새하얀 게시판을 비추고 있었다. 게시판은 검은색 숫자로 빼곡했다. 마치 딱딱하게 얼어붙은 곤충처럼 보였다. 합격자의 수험번호다. 흐느껴 우는 소년도 있고 함성을 지르는 소년도 있었다. 난 대체 어느 쪽이란 말인가.

사람들 사이를 비집고 앞으로 나아갔다. 나보다 눈이 좋은 어머니가 앞에 멈춰 섰다. 올려다보니 얼어붙은 표정으로 게시판을 뚫어져라 보고 있었다. 나는 더 가까이 가서 내 번호를 찾았다. 없다. 이건 말도 안 된다. 다시 찾아봤다. 내 앞뒤 번호는 있다. 그런데 내 번호는 없다. 확실하다. 어째서……?

이건 다 어업 탓이다. 왜 하필 어업이 나오느냔 말이다. 일본이 어식 대국이라서 그런가? 아니, 그런 건 아무래도 상관없다. 어째서 그때 어업 공부를 하지 않았단 말인가. 어머니가 펼쳐 준 페이지에 실려 있던 표가 그대로 출제됐는데…….

에라 모르겠다. 어머니에게 솔직히 털어놨다.

"어업이 나올 줄 몰랐어."

어머니는 경악했다.

"정말이야? ……정말로 안 했어?"

하얀 불빛이 따가웠다.

"어, 보통 나올 거라고 생각 못하지."

"그런데 나왔잖아."

"나왔지, 그래서 이렇게 된 거잖아."

이야기는 거기서 끝났다.

어머니와 둘이서 아자부 교문까지 한마디도 하지 않고 걸었다. 두 번 다시 우리에게 열릴 리 없는 문을 나왔다. 침묵이 힘들었다.

"혼자 갈게."

내 입이 자기 마음대로 움직였다.

"……알았어."

어머니를 인파 속에 버려두고 히로오 역을 향해 달렸다. 혼자가 되니 혼란스러운 감정은 조금 가라앉았는데, 그 대신 슬픔이 몰려왔다. 내 인생에서 아자부에 다닐 수 있는 날은 절대 오지 않을 거라 생각하니 눈물이 났다. 국어 참고서에 실려 있던 '비참한'이란 형용사는 이럴 때 쓰는 것이다.

집에 오자 친척들이 모여 있었다. 오늘 밤은 나의 합격을 축하해 주기 위한 자리였다. 어업이 나올 줄 누가 알았나. 당연히 초상집 분위기였다.

"먹을래?"

어머니가 책상 위에 로스트비프를 올려 주고 나갔다. 한 입 먹었다. 식어 빠진 비참한 로스트비프였다. 나는 다시 눈물이 났다. 그때 여동생은 마치 이렇게 유쾌한 일은 없다는 듯이 게걸스럽게 로스트비프를 먹고 주스를 벌컥벌컥 들이켰다.

내전과 독립

"로스트비프는 왠지 원래 차가운 음식인 것 같은데?"

대학원 술자리에서 내 이야기를 듣다 교수님이 말씀하셨다. 사실 그렇다. 로스트비프는 본래 차갑다.

"자네가 어업을 공부하지 않았던 거, 난 훌륭했다고 생각하네. 그때 공부했으면 모르긴 몰라도 자네의 인생은 어머님의 것이 됐을걸세."

지당하신 말씀이다. 중학교 입시는 부모와 아이가 총력전을 벌여야 하는 것은 맞다. 그런데 이게 하필이면 아이가 한창 사춘기인 시기와 겹친다. 부모와 아이가 동상이몽이다 보니 피를 철철 흘리는 참호전을 벌이다 결국 식민지는 독립해 나간다. 총력전과 함께 이런 내전이 시작되는 것이 바로 중학교 입시다.

따라서 어머니에게 강림했던 중학교 입시의 신을 거절

한 건 참 잘한 일이다. 입시뿐 아니라 모든 일에서 그래야 마땅하다. 어른이 된다는 건 자고로 그런 것이다. "나온다, 나온다." 하고 친절하게 말해 주는 사람이 시키는 대로 하면 눈앞의 일들이 잘 풀릴지는 모른다. 그래도 "그런 게 나올 리가 없어."라고 생각되면 하지 말아야 한다. 결과는 성공할 수도 있고 아쉽지만 실패할 수도 있다. 어느 쪽이든 그 결과를 자신의 역사로 받아들일 수 있게 됐을 때 마음은 조금씩 어른이 된다. 자신만의 마음이 생기는 것이다.

교수님도 그런 의미에서 하신 말씀이고, 나는 대학원에서 그런 학문을 배웠다. 그래서인지 아니면 나의 업보인지 모르겠으나, 그 이후로 나는 교수님의 "어업이 나온다, 나온다."라는 말도 듣지 않았다. 존경했고 잘 챙겨 주셨고 기대도 한 몸에 받았지만, 결과적으로는 '어업은 나올 리 없다.'라고 생각하고, 하지 않았다. 결국 어업은 또 출제됐으니 인생은 돌고 도는 것 같다.

그럼에도 불구하고 나는 이렇게 생각한다.

'어업을 공부하지 않았던 건 훌륭했다.'

이는 명언이었고, 이것이야말로 심리학의 본질이었다. 마음에는 마음의 로직이 있다. 지금도 그런 생각을 하면서 마음의 일을 하고 있다.

바야흐로 중학교 입시철이다. 입시를 앞두고 있는 아이를 둔 분들은 아이들 컨디션 관리에 신경 써 주시기 바란다.

아, 참고로 아이가 지원한 학교 입시에서 올해는 어업과 관련된 문제가 나오니 복습해 두는 게 좋을 것이다. 중학교 입시 신의 가호가 있기를.

아마겟돈이 끝난 후에

*

　어두운 이야기지만 마지막에는 빛도 있으니 끝까지 읽어 주기 바란다. 지난번에는 중학교 입시에 실패한 이야기를 했는데, 실은 1지망에서만 떨어진 게 아니었다. 나는 거의 모든 중학교에서 다 떨어졌다. 대폭격을 맞아 온통 다 불타 버린 들판처럼 괴멸적인 열두 살 겨울이었다.

　불행 중 다행으로 딱 한 군데 합격했는데 그건 정말이지 행운이었다. 나를 버린 신이 대량으로 발생했지만 어차피 진학할 수 있는 학교는 단 한 곳뿐이다. 게다가 합격한 학교가 2지망이어서 가족들이 크게 기뻐했고 나도 물론 기뻤다. 이야기는 그렇게 해피엔딩으로 끝나는 듯했다.

　그로부터 한 달 후 지하철 사린사건이 발생했다. 옴진리교가 벌인 동시다발 테러였다. 당시 TV에서는 옴진리교 뉴스로 도배를 했다. 비참하고 참담한 영상이 흘러나왔고, 아마겟돈이나 사티안(옴진리교 영역 안 시설의 각 동 앞에 붙인 말―옮긴이), 포아(옴진리교 신도들이 '살해한다'는 뜻으로 썼던 은어―옮긴이)처럼 듣도 보도 못한 옴진리교 용어가 쏟아져 나왔다. 세상은 혼란에 빠져 정말이지 아마겟돈=세상의 종말이 다가오고 있는 것만 같았다.

봄 방학 동안 나는 TV에만 빠져 살았다. 이제 공부는 안 해도 되니까 만화도 보고 게임을 해도 됐지만, 몇날 며칠 오로지 옴진리교 뉴스만 봤더니 옴진리교 용어가 입에서 술술 나오게 됐다. 나는 살짝 이상해져 있었다.

아마도 당시 아마겟돈의 소용돌이 속에 있었기 때문일 것이다. 초등학교 생활의 절반을 입시 공부를 하면서 보냈다. 마지막 전쟁을 위해 살아오다 최후의 심판이 내려진 심정이었다. 나를 거둬 준 신 덕분에 천국으로 구원 받은 기분이었는데, 아마겟돈이 지나간 후에도 내 인생이 계속되리라고는 상상도 하지 못했다. 그래서 세상의 종말을 보여 주는 TV에 정신이 팔려 있던 것이다.

나는 지지리도 공부를 못했다

중학교에 입학하자 같은 반 친구들도 옴진리교 이야기

만 했다. 모두 포스트 아마겟돈의 세계에 혼란스러워하고 있었다. 1학기가 끝날 때쯤 돼서야 겨우 혼란이 가라앉고 각자 자기 일상으로 돌아가 중학교 생활을 하게 됐다.

내가 안착한 곳은 성적 최하위 열등생의 일상이었다. 1학기 성적표에는 이미 빨간 점이 하나 붙어 있었고(성적표가 마치 피를 흘리는 것처럼 보였다) 기타 다른 과목도 모두 낙제를 겨우 모면한 수준이었다. 우리 중학교는 종합 성적 등수는 공개하지 않고 대충 어느 수준인지만 알려주는 학교였지만, 나는 꼴찌 다섯 명 그룹에 속했다. 내가 전교 꼴찌였을 가능성도 있다. 중학교 3년 동안 최하위권에서 벗어난 적이 단 한 번도 없다.

물론 시험을 쳐서 가는 학교였기 때문에 학생들 수준이 높았던 것도 사실이지만, 이를 고려하더라도 공부를 전혀 따라가지 못했다. 엄밀히 말하면 공부에 전혀 집중하지 못했다. 처음에는 '이제 공부할 필요 없어. 아마겟돈은 끝났으니까.'라고 생각하고, 아예 공부를 하려 하지 않았다. 그러다 꼴찌 그룹에 있던 친구들이 한 명 두 명 학교를 자퇴했고, 새로운 멤버가 꼴찌 그룹으로 밀려났다가 자퇴하는 현실을 목도하면서, 아마겟돈에 끝은 없고 새로운 경쟁이 시작됐다는 것을 그때서야 깨달았다. 그러나 이를 깨달았을 때는 이미 공부를 하려고 해도 몸이 말을 듣지 않는 지경에 이르렀다. 그게 정말 신기했다.

그 무렵 《나는 공부를 못한다》라는 야마다 에이미의 소설을 읽고 절망했다. 열등생의 비참하고 슬픈 나날을 읽고 위로를 받을 생각이었는데, 운동도 잘하고 인간력(사회에서 한 인간으로 강하게 살아가기 위한 종합적인 힘이란 뜻의 모호한 개념—옮긴이)도 있고, 머리도 좋은데 굳이 공부만 하지 않는 소년의 이야기였기 때문이다. 게다가 인기까지 있다. 아, 이건 아니지 않은가. 이에 비하면 헤르만 헤세의 《수레바퀴 아래서》는 열등생의 생태와 심리를 정확하게 그려 내 위로를 받은 것까지는 좋았는데, 마지막에 사고사를 당하는 결말이다. 제발 이러지 마세요.

나는 지지리도 공부를 못했다. 수업을 들어도 전혀 머릿속에 들어오지 않았고, 예습 복습을 하려고 해도 뭘 하면 좋을지 몰랐다. 시험 전날이면 공부 좀 해볼까 하고 도서관에도 갔지만, 결국 관심도 없는 재미없는 소설만 읽다 집에 오곤 했다. 그런 자신이 싫어서 적어도 다음 날 아침까지 영어 단어 한 개라도 외우겠다고 작심을 해도, TV를 보면서 외우겠다고 하니 외워질 리 없었다. 내가 지금 중학생이라면 모르긴 몰라도 스마트폰만 만지고 있을 것 같다.

시험 결과는 최악일 수밖에 없었고 나는 자기혐오에 빠졌다. 그러자 점점 더 수업을 들어도 머릿속에 들어가지 않는 악순환에 빠져 버렸고, 결과적으로 나는 지지리도 공부를 못했다. 당시 내가 읽고 싶었던 건 나와 같은 중학생을 리얼하게 담은 소설이었다.

포스트 아마겟돈 우울증

전국의 열등생들 때문에 고민하는 학부모와 교사들에게 고한다. 열등생에게 "공부해!" 하고 소리치고, "왜 공부를 안 하는 거야?" 하고 화를 내도 다 소용없다. 열등생도 공부해야 한다는 것쯤은 다 알고, 그렇게 하지 못하는 자신을 이미 심각하게 자책하고 있다.

열등생들은 자신을 스스로 망가뜨린다. 마음이 스스로를 파괴해 끝없는 악순환에 빠진다. 심리학자가 돼 비슷한 상황에 빠져 있는 아이들과 가족들을 상담하면서 그 비밀이 풀렸다. 그 배경에는 아니나 다를까 '우울증'이 있었다. 그래서 머리가 멍하고 집중력이 떨어져 현실을 제대로 마주하지 못했던 것이다.

일명 포스트 아마겟돈 우울증이다. 아마겟돈이 끝나면 마음을 쉬면서 혼란스러움에서 벗어날 수 있도록 케어가 필요한데, 그런 시간을 갖지 못하고 바로 새로운 아마겟돈 속으로 내몰린 아이들이 꼴찌그룹의 어둠 속에 갇혀 있었다. 그들의 자멸은 종합적인 것이었기 때문에, 동아리 활동도 잘하지 못했고 성격도 까다로워졌다(물론 인기도 없다). 그중 몇몇은 자퇴했다. 자멸의 폭풍이 휘몰아친 것이다. 이는 잘 보이지 않는 곳에서 은밀하게 일어났기 때문에 어른들도 어떻게 케어해야 할지 몰라 쩔쩔맸다.

《수레바퀴 아래서》에서 그려진 대로다. 그런데 나의 결말은 조금 달랐다. 그 무렵에 다행히 친구가 생겼기 때문이다. 동아리 활동도 잘 못하고 성격도 까탈스러운 데다 인기도 없고 공부도 지지리 못하는 친구가 한 명 생겼다. 꼴찌 그룹 안에서도 중학생의 우정은 싹텄다. 겨우 빛이 보이기 시작했는데, 오늘은 여기서 마치고 다음에 계속된다.

핑크빛 숲으로

*

"이야기가 너무 어두우니 여기서 그만두는 게 어떠냐?"
는 섭섭한 말을 듣고 있는 중학교 입시 시리즈도 이번이 마
지막이다. 잡지 뒤에 있는 저자란을 보니 결국 대학 입시에는
성공한 것 같은데 약 올리는 건가? 하는 지당하신 지적도 받
았다. 그래도 마지막까지 꼭 읽어 주기 바란다. 그 이유는 개
인적으로는 종이 한 장 분량밖에 되지 않는 짧은 시기였지만,
이런 개인적이고 짧은 시기에 마음이라는 형태의, 분명하지
않고 애매한 부분이 모습을 드러낸다고 생각하기 때문이다.

이건 친구의 이야기이다. Z군은 줄곧 전쟁 이야기만 했
다. 시험 전에는 "탐내지 않겠습니다, 승리하는 그날까지." 하
고 혼잣말을 했고, 시험 기간에는 눈 밑에 다크서클을 달고
"어쩔 수 없이 임팔 작전(1944년 3월 버마를 점령 중이던 일본군

이 인도 북부에서 치고 들어오는 영국군을 상대로 돌입한 작전―
옮긴이)을 작전을 펼쳐야겠군", 시험 기간이 다가오면 "보거
라, 옥쇄(옥처럼 아름답게 부서진다는 뜻으로, 대의나 충절을 위
한 깨끗한 죽음을 이르는 말―옮긴이)이니라."라고 말하면서 키
득키득 웃었다. 20세기 말 평화로운 교실에서 그 친구만 전시
하에 있는 듯했다.

"국경을 보러 가지 않을래?"

어느 날 점심시간에 Z군이 말했다. 가마쿠라에 있던 그
남학교는 산에 둘러싸여 있었고 운동장 맞은편에는 숲이 있
었다. 그리고 그 숲 맞은편에는 여학교가 있었다. 나는 무조
건 찬성했다. 국경 너머에 대해 한창 지대한 관심을 가질 나
이였기 때문이다.

산속으로 들어가 가지와 뿌리를 헤치며 숲속 깊숙이 안
쪽으로 전진하자 녹색 담장이 나왔다. 담장 너머도 깊은 숲이
어서 나무 사이로 여학교의 지붕만 멀리 보였다.

"이럴수가!"

Z군이 단단하고 차가운 울타리를 부여잡고 얼굴을 박더
니 외쳤다.

"여기가 북위 38도선이야!"

우리가 있는 곳이 남쪽인지 북쪽인지 물을까 하다 우문
인 것 같아 말았다. 깊숙한 숲속에서 같이 키득키득 웃었다.

그 후로 우리는 가까워져 자주 숲을 들락날락거렸다. 쉬

는 시간이나 방과 후에 반에 있는 것이 힘들었기 때문일 것이다. 중세의 은자가 됐든 죄인이 됐든 도망칠 때는 자고로 숲이 정답이다.

앨범을 태우다

"특별한 임무가 있으니 따라 와."

가을이 깊어지기 시작할 무렵 Z군이 말했다.

"기밀문서를 태워야 해."

Z군은 심각한 표정으로 초등학교 졸업 앨범을 보면 번뇌가 일어 미칠 것 같다, 이거 때문에 공부를 할 수가 없다, 그래서 태우고 싶다고 했다. 이번에도 두말 않고 찬성했다. 숲과 불. 이보다 재미있는 조합은 없다. 우리는 특수 공작을 위한 준비를 시작했다. 성냥과 기름, 그리고 만일에 대비해 소화기를 어떤 루트를 통해 구해 왔다(어디서 가져왔는지는 묻지 말길 바란다).

날씨가 맑았던 가을 어느 날 방과 후 숲으로 잠입했다. Z군은 상기되어 나무 뿌리를 넘어설 때마다 "쉿!" 하며 입술에 손가락을 대고 미군 특수부대 흉내를 냈다. 벼랑 끝까지 오자 졸업앨범을 땅에 내팽개쳤다.

"여기가 좋겠군, 화염 발사 준비!"

기름을 뿌리고 성냥을 켰다. 아직 어렸던 Z군과 그가 좋아했던 여자아이가 화염에 빨려 들어가서는 녹아내렸다. 나는 속으로 명복을 빌었다. 그런데 화염은 예상보다 크게 번져 주위의 낙엽에까지 번질 태세였다.

'큰일이다, 이러다 산불 나겠다.' 나는 재빨리 소화기의 핀을 뺐다. 핑크빛 분말이 너무 세게 분사돼 순간 깜짝 놀랐다. "앗!" 패닉이 된 나는 소화기를 벼랑을 향해 내던지고 말았다. 캉캉 하는 소리를 내며 소화기가 벼랑 아래로 구르다 길바닥에 쿵하는 소리와 함께 떨어졌다. 숲은 이내 다시 조용해졌다.

"야, 뭐 하는 거야?!"

Z군이 격노했다.

"지나가던 사람이 맞았으면 어쩔 뻔했어?!"

다행히 아무도 없어 큰 사고로 이어지진 않았다.

"미안해." 하고 나는 사과했다.

"저런 게 굴러다니면 신고 들어와서 들통나잖아, 이건 특수 공작이라고!"

무안해서 고개를 떨어뜨리자 Z군과 같은 반 친구들의 사진이 반쯤 타다 말아 비참한 몰골을 하고 있는 것이 눈에 들어왔다. 특수공작은 실패로 끝났다.

"할 수 없지, 묻자."

어색한 분위기 속에서 둘은 땅을 파고 타다 남은 앨범을 묻었다. 그리고 나자 주변이 눈에 들어왔다. 주변은 온통 핑크빛이었다. 소화기 분말이 뿌려진 곳만 어두운 숲속에서 핑크빛으로 물들어 있었다. 나무 사이로 서쪽에서 햇볕이 들었다. 녹색과 핑크와 오렌지가 뒤섞여 반짝반짝 빛났다.

"……와, 멋있다." 나도 모르게 툭 내뱉었다.

"어, 아름답다, 베트남 같아."

추리닝 차림의 장병이 키득키득 웃었다.

"이거 들통날까?"

내가 물었다.

"모르지…… 별일 없기를 기도하자. 어쨌든 귀환이다."

Z군은 전쟁 영화 흉내를 냈다.

"살아서 돌아가자."

사춘기의 행운

얼마 전 20년 만에 모교를 방문했다. 당시 담임 선생님이 지금은 교장 선생님이 돼 맞아 주셨는데, 핑크 숲 사건 이야기는 나오지 않았다. 결국 들키지 않은 것이다. 그런 위험한 일들이 많았다. 그런데 대부분은 사건으로 번지지 않아 치명상을 입은 일은 없었다. 운이 좋았다. 나도 Z군도 큰 탈 없이 고등학교를 졸업했고, 그는 지금 미국에서 일하고 있다. 참고로 군사와 관련된 일은 아니다.

교장 선생님이 신축 건물을 안내해 주셨다. 옛날과 달리 청결하고 밝았다. 건물만이 아니라 아이들도 솔직하고 명랑했다.

"안녕하세요."

아이들이 예의 바르게 인사를 했다. 내가 아는 학교는 이런 곳이 아니다. 더 살벌하고 서바이벌한 곳이었다. 필시 강화조약이 맺어져 평화가 찾아왔을 것이다. 아니지, 당시에도 어른들 눈에는 밝고 평화로운 학교였을 것이다. 전쟁은 Z군과 내 마음속에서 개인적으로 일어났을 뿐이다. 다른 친구들 마음속에도 각자의 전쟁이 있었을 것이다. 살벌하고 미칠 것 같은 상황은 보이지 않는 곳에서 들끓는다. 아마도 예의바른 이 소년들 마음에도 미쳐 버릴 것 같은 무언가가 용솟음치고 있을지 모른다. 사춘기란 무릇 그런 것이다. 그래서 숲이 필요했다.

숲이 없다면 도서관이든 옥상이든 체육관 뒤든 어디든 상관없다. 친구와 함께 마음속 미칠 것 같은 부분을 발산할 수 있는 여백이 학교에는 필요하다. 사춘기의 마음이 내뿜는 핑크의 광기가 현실을 파탄으로 몰아넣는 이 종이 한 장 분량의 시기에 숲이 감싸 안아 주고 흡수해 줄 것이다. 이런 과정이 인간관계를 키워 주고 마음을 조금씩 회복시켜 준다. 물론 꼭 잘되란 법은 없다. 그래서 나는 운이 좋았다고 생각하는 것이다. 벼랑 아래 사람이 없었던 것도, 모교에 숲이 있었던 것도, 그리고 함께 숲에 갈 친구가 있었던 것도.

꿈이 일이 되었습니다

꿈이 일이 되었습니다, 라고 하면 좋아하는 일만 하면서 사는 유튜버 같다고 생각할지 모르지만 전혀 그렇지 않다. 내가 직업적으로 다루는 꿈은 낮이 아니라 밤에 꾸는 꿈이다. 미래에 대한 꿈이 아니라 어젯밤 꿈이다. 내담자들 중에는 자는 동안 꾼 꿈에 대해 이야기하는 경우가 있다. 이것이 나의 일이다.

평소 억눌려 있던 욕망이나 기억이 꿈에 나타난다. 그래서 꿈은 무의식으로 가는 왕도다. 정신분석의 창시자 프로이트의 말이다. 대학교 수업에서 이런 이야기를 했더니 언제나 잠자는 숲속의 공주처럼 쿨쿨 꿈만 꾸던 여대생들의 눈이 번뜩 뜨였다.

"카레가 하늘을 나는 꿈을 꾸었는데 그건 무슨 의미인가요?"와 같은 질문이 쇄도했다. 심리를 정확히 맞혀 보라고 조르는 것이다.

꿈을 다루는 전문가라고 하면 영능자나 점술인이 떠오르는지 나에게 매직컬한 힘이 있을 거라고 착각하는 것 같다. 당연히 정확히 맞히지 못한다. 내가 매일 일상적으로 하는 일은 더 평범한 일이다. 그런 초능력이 있었다면 지금쯤 대학 교실이 아니라 유튜브에서 신나서 떠들고 있을 게 뻔하지 않은가.

물론 내가 영능자가 아니라는 것 정도는 학생들도 잘 알고 있다. 그런데도 학생들은 참지 못하고 이상한 꿈의 의미를 묻고 싶어 한다. 꿈에는 그런 매지컬한 힘이 있다.

정년 후의 악몽

60대 후반의 남자가 아내와 함께 상담을 받으러 왔다. 만나자마자 '상담역', '고문'이라고 적힌 명함을 여러 장 건네 당황했다. 이야기를 들어보니 이름만 대면 다 알 만한 대기업의 이사까지 올랐던 그는 정년퇴임 후 몇몇 기업에서 명예직으로 일하며 여유로운 노후를 보내고 있었다. 엄밀히 말하자면 그렇게 보낼 계획이었다.

"너무 힘들어요."

아내가 먼저 입을 열었다.

"힘든 건 나야."

마치 만담이라도 하듯 그가 바로 받아쳤다. 그러자 아내
가 쓴웃음을 지었다.

"한밤중에 잠을 깨야 하는 내 입장도 생각해 봐요. 이 사
람, 매일 밤 살려 달라고 소리를 쳐요."

만담은 계속됐다.

"이 사람 보게. 매일 밤 무서운 꿈을 꾸는 내 입장을 당신
이 생각해 줘야지."

주고받는 타이밍이 절묘해 나도 모르게 웃음을 터트릴
뻔했지만, 그가 많이 힘들어 보여 꾹 참았다. 너무 무서운 꿈
만 꿔서 밤이 오는 걸 무서워할 정도였다. 그래서 어떤 악몽
을 꾸느냐고 물으니 아내가 실소를 참지 못했다.

"선생님, 한번 들어보세요. 이 사람 아직도 경쟁 사회에
살고 있다니까요."

"어제는 마라톤을 하는데 중간부터 골인 지점을 못 찾
아 길을 헤매질 않나, 중학교 동창한테 추월당해서 얼마나 진
땀을 뺐는지 모릅니다. 그전에는 대학교 입시를 보는 꿈을 꿨
는데, 연필도 없고 수험표도 없어서 패닉이 됐고요. 출세했다
싶었는데 강등되는 꿈은 수시로 꿔요."

그는 그런 꿈의 클라이맥스에서 "살려 줘!"라고 소리를
쳐 아내를 깨우는 것이다. 아내의 말대로 그런 꿈들의 의미

는 누가 봐도 분명했다. 하지만 그는 꿈이 갖는 의미에는 전혀 관심이 없었다. 마초 기질이 있는 데다 하루하루를 치열하게 살아왔기 때문이다. 마음이라는 내면적인 존재를 들여다보면서 삶을 가다듬는다는 건 상상도 못하는 것 같았다. 어떻게든 악몽만 꾸지 않게 해 달라는 말만 계속 했다. 이 상태에서 자신의 마음과 마주해야 하는 상담으로는 효과를 기대하기 어려웠다.

그래서 실천적 조언을 했다.

"악몽에 대해서 주변에 더 알리는 건 어떨까요? 부인한 테만 말고 자녀분이나 손주들도 같이 걱정해 주시는 게 좋지 않을까요?"

그에게 필요한 건 이제 그만 경쟁을 끝내고 마음도 정년을 맞는 것이었다. 평범한 할아버지가 돼서 주변으로부터 도움을 받을 필요가 있었다. 그러자 뜻밖에도 그가 반색했다. "그게 좋겠어요." 그는 자신의 꿈 이야기를 누군가 들어주길 바랐던 것이다.

"애들이 이번에 온다니까 이야기해 볼게요."

한 달 후 그를 다시 만났을 때는 표정이 한결 밝아졌다.

"손주가 드림캐처를 만들어 왔지 뭡니까?"

드림캐처는 아메리카 원주민들이 악귀를 막기 위해 사용하는 부적 같은 장식이다. 털실과 고무줄로 만든 드림캐처를 침실 창에 붙였더니 놀랍게도 악몽을 꾸지 않게 됐다고 했다.

"정말 놀랐습니다. 딱 한 번 악몽을 꿀 뻔했는데 마법을 써서 벽을 통과해 도망쳤어요." 이렇게 금방 좋아질지 몰랐기 때문에 나도 놀랐다. 그 손주야말로 영능자가 아닌가. 그런데 갑자기 그의 표정이 어두워졌다.

"그런데 별장에 묵었을 때는 또 마라톤하는 꿈을 꿨어요."

이번에는 아내가 실소를 터뜨리며 말했다.

"손주한테 하나 더 만들어 달라고 했는데 학원 다니느라 바빠서요."

이 말을 듣자 그도 웃었다.

"용돈을 줄까? 돈으로 해결하지, 뭐."

그에게서 할아버지의 얼굴이 엿보여 나도 웃었다.

"그러시죠, 고문이시니 그 힘, 한번 발휘하시죠."

매지컬한 힘

꿈이 운반해 주는 것은 마음의 퀄리아, 즉 감각질感覺質이다. 낮 동안 마음을 물들인 색채나 무드가 밤에 꾸는 꿈의 스토리이자 형태가 된다. 그의 몸과 명함은 정년퇴임 후 노후를 보내고 있었지만, 마음은 여전히 경쟁 사회에 남아 있었다. 그에게 은퇴는 인생이 끝나는 것 같은 공포였는지도 모른다. 그 질감이 '골인 지점을 잃은 마라톤'과 같은 꿈으로 나타났던 것 같다.

사람들이 꿈 이야기를 하고 싶어 하는 것은 꿈이 마음을 어딘가로 데려다주는 이동수단이기 때문이다. 타인에게 직접 퀄리아를 전달할 수는 없다. 이는 바깥세상으로부터 단절된 고독한 것이기 때문이다. 따라서 같은 퀄리아를 타인에게 경험하게 하는 것은 원리상 불가능하다. 하지만 꿈은 퀄리아를 운반한다. 그래서 아내는 남편이 정년퇴직을 받아들이지 못하는 마음을 직감할 수 있었다.

이렇게 타인에게 마음이 전해지는 것에는 매지컬한 작용이 있다. 손주의 드림캐처는 왕자님의 키스처럼 비즈니스맨의 저주를 풀어 그를 보통의 할아버지로 돌려놨다. 마음은 본질적으로 고독한 것이지만 어딘가에 도달하고 싶다는 바람이 꿈을 만들어 낸다.

꿈은 마음을 운반한다. 깊은 곳에 있거나 너무 자명해서 오히려 보이지 않는 마음을 조금씩 운반한다. 때론 소중한 사람에게, 때론 자기 자신에게도. 이런 꿈의 소박한 작업을 돕는 그런 일을 나는 하고 있다.

뇌 탓이에요

*

동요 '유령 같은 거 없어'는 대단한 명곡이다. 이 곡의 가사 중에는 유령이 무서운 소년이 '잠이 덜 깬 사람이 잘못 본 거야' 하며 자신을 타이르는 장면이 나온다. '유령은 없어, 눈이 착각을 일으킨 것'이라는 이 가사는 심리학의 핵심을 정확히 묘사하고 있다. 실제로 메이지 시대의 한 심리학자는 사람들이 요괴 탓이라고 생각하는 것이 실은 심리적인 착각에 지나지 않는다고 계몽하고 다녔다. 아이로니컬하게도 그는 '요괴박사'로 불렸다.

정말 훌륭한 것은 2절 이후이다. 심리학에 막 눈을 뜬 소년은 '그래도 유령이 존재하면 어쩌지?' 하고 상상하기 시작한다. 처음에는 '냉장고에 넣어 딱딱하게 만들어야지' 하고 과학적으로 대처하려 하지만, 후반으로 갈수록 유령과 친구가 되면 재미있고 친구들한테 자랑할 수 있겠다며 신나한다.

여기에는 깊은 통찰이 있다. 이래서 눈이 착각을 일으킨 것이라고만 하고 끝내는 심리학은 재미가 없다. 유령이 우글대면 세상은 훨씬 다채롭지 않겠는가. 이런 점에서 애니메이션 〈요괴워치〉의 엔딩곡 '요괴체조 1번'은 훌륭하다. 주인공이 늦잠을 잔 것도, 좋아하는 아이에게 차인 것도, 누가 피망을 먹어 버린 것도 다 '요괴 탓이지'라고 노래하고 있기 때문이다.

'마음 탓이지' 하는 것보다 '요괴 탓이지' 하는 게 훨씬 마음이 편하다. 힘든 일을 자기 혼자만의 문제라고 생각하지 말자. 꼭 요괴가 아니라도 좋다. 날씨 탓이어도 좋고, 회사 탓이어도 좋다. 원인을 자기 안에서가 아니라 바깥에서 찾으면 자신의 잘못은 사라진다. 실제로 문제가 당신에게 없는 경우도 많다.

말 더듬는 마음

"뇌, 뇌, 뇌."를 연발하다 겨우 말을 이어갔다.

"뇌, 뇌가 지쳤어요."

그녀는 50세가 됐고 남편은 집을 나갔다. 그녀는 키가 크고 당당해 보였다. 아이가 대학에 가면서 자취를 시작하자

마자 벌어진 예상치 못한 일이었기에, 그녀는 심한 혼란에 빠졌고 불안과 불면증에 시달렸다.

다행히 그녀는 정신과 치료를 받으면서 놀라울 정도로 빠르게 회복됐다. 정신과에서 처방한 약이 잘 맞았고, 경제적으로 크게 어려움이 없던 것도 한몫했다. 그녀는 잠을 잘 수 있게 되면서 앞날을 내다보게 됐다. 마음을 다잡고 취직자리를 알아보기 시작했는데, 어른이 된 이후로 많아 좋아졌던 말더듬 증상이 심해졌다. 이 상태로는 일을 할 수 없다며 하소연하는 그녀에게 정신과 의사는 상담을 권했다.

"말, 말, 말, 말." 그녀는 말더듬이라는 말을 포기하고 다른 단어를 찾아 힘겹게 한마디 했다.

"더, 더듬는 걸 꼭 고치고 싶어요."

그녀가 말을 더듬는 건 마음이 상처받았다고 호소하고 있는 거라고 나는 생각했다. 그런데 그녀는 이를 인정하지 않았다. 그녀가 주장하고자 하는 요지는 이랬다. 과거는 이제 됐고 마음의 정리는 끝났다, 할 일이 너무 많아 뇌가 지친 것뿐이다, 뇌 탓이다…….

남편과 별거를 시작한 지 아직 두 달도 되지 않았기 때문에 지친 건 마음이 아니냐고 말하고 싶었지만 하지 않았다. 다양한 방법을 써 봤지만 말더듬 증상은 쉽게 좋아지지 않았다. 그래서 우리는 점차 말더듬 증상과 뇌와는 상관없는 이야기들도 하게 됐다. 그녀는 변함없이 당당해 보였지만, 종종 남편이 왜 집을 나갔는지 모르겠다고 불만을 토로하기 시작했다. 그럴 때면 잠시나마 그녀의 연약한 모습이 엿보였다. 이를 의식했는지 바로 뇌 이야기로 돌아갔다.

그러던 어느 날 그녀는 평소보다 더 더듬거리며 이야기했다.

"홍, 홍, 홍, 홍."

잘 나오지 않는 말을 억지로 쥐어짜느라 그녀의 표정이 일그러졌다. 안색이 매우 좋지 않았다.

"죄송해요."

갑자기 그렇게 말하더니 자리에서 벌떡 일어나 화장실로 뛰어갔다. 창백한 얼굴로 돌아온 그녀는 토했다고 했다.

"홍, 홍신소에서 연락이 왔어요." 하고 털어놓았다. 꽉 막혀 있던 말들이 그녀의 입에서 흘러 나왔다. 어렵게 마음먹고 홍신소에 의뢰를 했는데 남편에게는 여자가 있었다. 그 여자는 그녀도 아는 사람이었다. 둘의 관계는 오래전에 시작된 것 같고, 둘은 이미 함께 살고 있다는 이야기였다.

"지금까지의 시간은 다 뭐였나 생각하니 괴, 괴, 괴……."

말문이 막혀 나오지 않자 다른 말로 바꿔 말해 보려 애썼지만 역시 잘 되지 않았다. 한 번 더 시도한 끝에 어렵게 참담한 심정을 털어놓았다.

"가, 가슴이 아파요."

그때서야 그녀는 화를 내고 슬퍼하기 시작했다. 혼란스

러워했고 우울증 증상도 보였다. 고통스러운 시간이었다. 하지만 이것이 그녀의 진짜 속마음이었다. 당당하던 그녀는 사라지고 상처투성이가 된 그녀가 모습을 드러냈다. 그 대신 말더듬 증상은 서서히 좋아졌다. 긴 시간을 들인 끝에 그녀는 그녀만의 인생을 다시 만들어 갔다.

뇌는 타인

마음은 뇌에서 생겨난다. 슬픔도 기쁨도 결국 뉴런이 발화한 것에 지나지 않는다. 뇌 과학자들의 주장인데 이는 과학적으로도 맞다. 그렇게 생각하면 인생을 살아가면서 입는 다양한 상처를 잠시나마 견딜 수 있다.

실제로 뇌가 지친 게 마음이 지친 것보다 편하다. 뇌가 지쳤을 때는 피로의 원인을 끄집어 내지 않고 동결시켜도 된다. 불행의 늪에 빠져 있던 그녀는 어떻게든 당당하게 등을 쭉 펴기 위해 상처를 꽁꽁 얼려 슬픔을 멀리하려 했다. 그 아픔을 뇌에 떠넘기지 않으면 마음이 무너져 내릴 것 같았다.

뇌는 타인이다. 물론 육체적으로는 '나'의 일부다. 하지만 뇌는 어디까지나 물질이기 때문에 내가 아니기도 하다. 뇌 탓이다. '나' 혼자서는 온전히 다 감당할 수 없는 마음은 요괴나 날씨처럼 '내가 아닌 영역'에 두면 도움이 된다.

만약 신뢰할 수 있는 사람이 있다면 당신의 마음을 잠깐만이라도 그 사람 마음에 맡겨 둘 수도 있다. 그럼 마음에 시간이 흐르기 시작한다. 피로가 해동되면서 상처가 된다. 신기한 일이다.

'마음 탓'으로 돌리려면 마음이 하나 더 필요하다. 유령에게 마음을 빼앗긴 소년이 놓친 것이 바로 이것이다. 마음 탓을 한다고 해서 세상에서 나 이외의 다른 누군가가 사라지지 않는다. 내 마음 밖에는 실은 타인의 마음도 있다. 물론 이는 놓치기 쉽다. 이것이 바로 그녀의 말더듬 증상의 정체가 아니었을까. 타인의 마음에 절망했기 때문에 말문이 막혔다. 동시에 그녀는 타인의 마음을 원했기 때문에 말이 쏟아져 나오려고도 했다. 그래서 말이 자신의 내면과 바깥의 경계 영역을 왔다 갔다 했던 것이다. 시간이 필요했다. 정확히는 타인을 한 번 더 믿기 위한 시간이 필요했다. 발을 내디딜지 말지 망설이는 동안 뇌가 잠시 그녀의 마음을 맡아 주었다.

어른의 역할

*

헤르만 에빙하우스, 스티븐 핑커…… 땡! 다시! 필립 짐바르도, 도하타, 타조, 타조? …… 이것도 땡! 아, 심리학자 끝말잇기는 이게 나의 한계다. 시험이 끝날 때까지 앞으로 한 시간이나 남았는데 나는 과연 뭘 하면 좋단 말인가!

대학교 교원의 가장 중요한 업무 중 하나는 시험감독이다. 중간고사와 기말고사, 그리고 추가시험까지 평소에도 시험은 많지만, 역시 시험하면 대학 입시를 빼놓을 수 없다. 코로나19 때문에 올림픽도 중단될 뻔한 시국에도 입시만은 긴장된 분위기 속에서 진행되고 있다. 입시야말로 우리 사회를 관통하는 신성한 척추와 같은 존재였다는 사실을 새삼 깨달았다. 그런 신성한 축제를 거행하는 신관이 바로 대학교 교원인 것이다.

그런데 시험감독만큼 힘든 일도 없다. 가끔 이틀 연속으로 할 때도 있는데, 고사실에서는 "시험, 시작", "10분 남았습니다", "시험 끝났습니다"라는 세 마디밖에 할 수 없다. 스마트폰을 볼 수도 없고 책을 읽을 수도 없다. 난방을 틀어 따뜻한 교실에서 쓱쓱 연필 소리만 나면 졸음이 솔솔 쏟아질 수밖에 없다. 안 돼!

정신을 바짝 차리고 커닝을 적발해야 한다. 그러기 위해서 마음속으로 심리학자 끝말잇기를 하는 건데 5분을 못 간다. 이럴 때 비장의 무기가 바로 마음 챙김이다. 원시불교가 개발한 이 명상법은 '지금, 여기'에 집중해 의식의 질을 높이는 방법이다.

들이마시고 내쉬고 들이마시고 내쉬고, 호흡에 전집중(만화 〈귀멸의 칼날〉에 나오는 호흡법―옮긴이)한다, 의식이 투명해지기 시작한다, 쿵쿵, 발바닥 감각에 의식을 집중한다, 의식이 다이아몬드처럼 맑아진다, 들이마시고 내쉬고, 호흡이 몸속 가장 깊숙한 곳까지 퍼진다, 우주의 윤회가 풀린다. 대일여래大日如來가 모습을 드러낸다……. 아, 이러다 득도하겠어! 시험 중에 해탈할 뻔하곤 한다.

슈퍼비전으로

바지가 잘 어울리는 그녀가 내 사무실을 찾은 것은 슈퍼비전을 받기 위해서였다. 슈퍼비전이란 상담 트레이닝 중 하나로 시니어 심리학자에게 본인이 담당하고 있는 케이스에 대해 보고하고 조언을 듣는 것을 말한다.

아직 대학원생이었던 그녀는 "어떡하면 좋을까요?"가 입버릇이었다. "뭐가 걱정이야?" 하고 물으면 "전부요. 이게 상담이 되고 있는 건지 저는 모르겠어요." 하며 자신 없어 했다. 머리도 좋았고 사람들 기분도 잘 이해하는데 자신감이 없었다.

그래도 시작은 순조로웠다. 내담자가 아이였기 때문이다. 초등학생이나 사춘기인 아이들은 성실하고 깍듯한 그녀에게 마음을 열었다. 상담을 통해 가정이나 학교에서와는 다른 경험을 하면서 아이들의 상태는 개선됐다.

"일 잘하네." 하고 내가 칭찬을 하면 그녀는 얼굴을 찌푸렸다.

"모르겠어요. 우연인 것 같아요."

그녀의 자신감은 좀처럼 쌓이지 않았다.

사태가 심각해진 것은 슈퍼비전이 시작된 지 1년이 지났을 무렵이었다. 그녀가 처음으로 성인 내담자를 맡았는데, 비슷한 연령대의 남자였다. 그는 상담을 시작한 지 얼마 되지 않아 그녀를 사랑하게 됐다. 오랫동안 대인관계 없이 살아왔기 때문에 누군가가 그리웠을 수도 있다. 그는 사랑에 매우 서툴렀다. 거의 매주 편지를 보내 왔고, 상담을 받으러 오는 날은 100엔 숍에서 산 선물을 건넸다. 그녀도 이 상황에 잘 대응하지 못했다. 그녀는 매번 나에게 정답을 듣기 위해 "어떡하면 좋을까요?" 하고 물었고, 내가 의견을 말해 주면 다음 상담 때 그대로 했다.

이게 그 남자를 혼란스럽게 만들었다.

"마음만 받을게요."

그녀는 슈퍼비전에서 배운 대로 답을 한 것인데, 앵무새처럼 들은 말을 그대로 전달만 하다 보니 남자는 자신이 거절을 당한 건지 아닌지 헷갈려 했다. 그럴수록 남자는 그녀에게 더 푸시를 하게 됐고, 그녀는 또다시 슈퍼비전에서 지시받은 대로 대처했다. 그녀는 자신의 눈으로 보고 마음으로 응답했어야 했다. 하지만 그녀에게 그건 어려운 일이었다. 이 상황은 금세 한계에 부딪혔다. 혼란스러워하던 남자는 어느 날 욱해서 주먹을 번쩍 치켜들었다. 그녀는 자기를 때리는 줄 알았고, 남자는 순간 멈칫하다 상담실 벽을 쳤다.

"어떡하면 좋을까요?"

다음 슈퍼비전에서도 그녀는 평소와 다름없이 답을 요구했다.

"중단해."

그게 내 답변이었다. 이대로 가다가는 양쪽 다 비참해진다. 두 사람 모두 지켜야 했다.

"지금의 너는 이 케이스 감당 못해."

그녀는 아무 대답이 없었다. 무거운 침묵이 흘렀다. 상처를 받은 것 같기도 하고, 뭔가 생각하는 것 같기도 한, 알 수 없는 표정이었다.

"무슨 생각해?"

그때서야 그녀가 입을 열었다.

"이분은 상담을 깨고 싶지 않아서 제가 아니라 벽을 친 거라고 생각합니다."

나도 그렇게 생각했다.

"……그런데 제가 이 상담을 깨는 건 옳지 않다고 생각하고 있었습니다."

그녀가 처음으로 자신의 의견을 갖게 된 순간이었다. 드디어 자신의 눈으로 보기 시작한 것이다.

"그럼 뭘 할 수 있을지 함께 생각해 봅시다."

그때부터 두 사람의 긴 여정이 시작됐다.

위에서 내려다보는 눈

시험감독과 슈퍼비전. 전혀 다른 이야기 같지만 공통점이 있다. 그건 바로 '위에서 내려다보는 눈'이라는 사실이다. 실제로 슈퍼비전의 슈퍼Super는 '위'라는 뜻이고 비전Vision은 '시야'라는 뜻이다. 둘 다 위에서 내려다보는 일이다.

사람들은 누군가 자신을 위에서 내려다본다고 하면 기분이 썩 유쾌하지는 않을 것이다. '위에서 내려다보는 눈'은 감시하고 규제하고 적발하는 무서운 존재로 느껴지기 때문이다. 그래서 그녀는 생각 자체를 '위에서 내려다보는 눈'에 온전히 다 맡기려 했을 것이다.

그런데 '위에서 내려다보는 눈'은 감시를 위해서가 아니라 보호하기 위해 있는 것이다. 규제를 위한 것이 아니라 키우기 위해 존재하는 것이다. 이건 어른이 돼야 비로소 알 수 있다.

'위에서 내려다보는 눈'은 어른의 역할이다. 귀찮은 일도 많고 고맙다는 인사를 듣는 일도 많다. 언젠가 젊은 사람들 마음속에 '위에서 내려다보는 눈'이 생길 때까지 어른들이 잠시 맡아 두는 것이다.

시험감독도 마찬가지다. 해탈하고 있을 때가 아니다. 커닝을 놓치면 연필을 떨어뜨려 쩔쩔매는 수험생도 알아채지 못한다. 심호흡을 하자. 들이마시고 내쉬고 들이마시고 내쉬고……. 다이아몬드처럼 투명하게 잘 연마된 '위에 내려다보는 눈'으로 당황해하는 수험생을 발견했다. 나는 조심스럽게 연필을 줍는다. 수험생은 가벼운 목례만으로 감사를 표하고는 바로 나는 잊고 답안지에 몰두한다……. 시험감독도 슈퍼비전도 묘미는 이런 모습을 보는 데 있다.

눈물샘 조물조물

*

완전 뒷북이지만 드디어 극장판 〈귀멸의 칼날〉 무한열차 편을 봤다!

괜히 홍행 수익 역대 1위가 아니었다. 정말 펑펑 울었다. 중반 이후부터 '이래도 안 울래?' 하는 신들이 쏟아져 나와 눈물이 멈추지 않았다. 충격적이었던 것은 까마귀가 눈물을 흘리는 장면이었다. 이 장면을 보면서 머릿속에서는 '까마귀가 우네! 개그 아냐?' 하고 생각하면서도, 그냥 슬퍼서 눈물이 멈추지 않았다. 내 평생 까마귀에게 공감하기는 처음이다. 근육이 울퉁불퉁한 마사지사에게 강제로 눈물샘 마사지를 받는 기분이었다.

윌리엄 프레이의 《울음: 눈물의 신비Crying: The mystery of tears》라는 책이 있다. 눈물 연구자인 프레이 박사가 눈물의 성분을 분석한 내용을 담은 책인데, 흥미로웠던 건 실험에 쓸 눈물을 채취하는 데 애를 먹는 장면이었다. 양파로 눈을 자극해 눈물을 흘리게 하는 건 간단해도, 슬픈 눈물을 얻는 건 쉽지 않았다고 한다(이 두 가지 눈물은 화학 성분이 다르단다). 언제 어디서든 눈물을 흘릴 수 있다고 호언장담한 여배우도 실험실에서는 울지 못했고, 매일 슬픔에 잠겨 눈물로 지새운다는 사람도 과학자 앞에서는 눈물이 쏙 들어갔다. 그도 그럴 것이 과학으로 완전 무장된 곳에 슬픔이 있을 자리가 있겠는가.

결국 박사가 선택한 건 슬픈 영화였다. 실험 참가자들은 눈 밑에 시험관을 달고 영화를 봤다. 그 모습 자체가 우스꽝스러워서 아무리 슬픈 영화도 코미디가 돼 버릴 것 같았지만, 결과는 대성공이었다. 광적인 박사는 충분한 눈물을 얻을 수 있었다.

슬픈 영화의 위력은 정말 대단하다. 강제로 눈물샘을 조물조물 마사지해 울 생각이 없는 사람까지 울게 만든다. 그나저나 그렇게 시험관으로 떨어진 눈물에는 과연 어떤 감정의 성분이 담겼을까.

우는 여자

"여기 오면 울 수 있다고 들었어요."

20대 후반의 그녀는 처음 만나자마자 이렇게 말했다. 은색 귀걸이가 잘 어울리는 직장인이었다. 울 수 있는 상담실이라……. 우는 내담자들만 있는 건 아니라서 그 평판이 썩 마음에 들지 않았지만 그녀는 상담이 시작되자마자 바로 울기 시작했다.

그녀에게는 울 수밖에 없는 각본이 있었다. 소중한 사람에게 지극 정성을 다했지만 비참하게 버림받은 것이다. 문제는 이 각본이 그녀의 인생에서 계속 리메이크되고 있다는 점이었다. 유소년기에는 어머니와의 사이에서, 그 이후에는 학교 선생님, 친구, 상사, 그리고 애인과의 사이에서.

"다들 왜 내 마음을 몰라주는 거죠?"

그녀는 닭똥 같은 눈물을 뚝뚝 흘리며 말했다. 그러더니 시간이 되자 거짓말처럼 눈물을 뚝 그치고는 "후련해졌어요." 하며 방긋 웃었다.

이후로도 그녀의 일상에는 같은 각본이 반복됐고, 이를 상담하러 와서는 마치 보고라도 하듯 이야기하며 울었다. 문제는 현실엔 변화가 없고, 무엇보다 본인이 변화를 원치 않는다는 데 있었다. 마치 장기 공연 중인 여배우처럼 그녀는 비련의 여주인공 연기를 계속 했다.

"매번 같은 이야기라 죄송해요."

내가 그렇게 생각하는 걸 눈치챘는지, 상담을 시작한 지 6개월이 지났을 무렵 그녀가 내게 사과했다.

"선생님, 지루하시죠?"

잠시 뜸을 들이더니 그녀가 또 말했다.

울 수 있는 각본이 나를 상대역으로 리메이크되기 시작했다. 그 다음부터는 스토리의 전개가 빨랐다. 나는 어느새 그녀의 마음도 몰라주고 그녀를 버린 인물이 돼 있었다.

"어차피 제가 무슨 말을 해도 선생님은 아무 상관없죠?!"

그녀는 오열하면서 귀걸이를 빼더니 바닥에 그대로 내팽개쳤다. 드라마의 한 장면 같았다. 나는 상담사로서 표준적인 대응을 했기 때문에 너무 일방적이라는 생각도 들었지만, 어찌 됐든 그녀에게 나는 내담자를 울리는 비정한 상담사가 돼 있었다.

그러던 어느 날 그녀는 평소와 다름없이 울면서 귀걸이를 집어던졌는데, 그게 어쩌다 내 볼에 스쳤다. 그러자 그녀가 당황하기 시작했다.

"아, 죄송해요. 이럴 생각은 아니었는데……."

그때서야 갑자기 정신이 번쩍 든 모양이었다. 비로소 여배우가 무대에서 내려왔다. 이때를 놓치지 않고 말했다.

"당신이 울고 싶은 진짜 이유는 제가 당신을 버린 애인도 어머니도 아닌, 그저 평범한 상담사이기 때문일지도 모릅니다."

그녀는 꼼짝하지 않고 입을 굳게 다물었다. 나는 이야기를 이어갔다.

"각본대로가 아닌, 현실을 깨닫게 된 거라고 생각합니다."

그녀는 아무 반응을 보이지 않았다. 그런데 눈물이 볼을 타고 흘러내렸다. 이 눈물은 평소의 격한 눈물과는 다른 조용한 눈물이었다.

"상담료를 지불할 때마다 마음이 쓸쓸했어요. 아, 이 사람은 남이구나, 하는 생각이 들어서요."

그녀는 작은 소리로 속삭이듯 말했다.

"그런데 이런 식으로 제가 인간관계를 망쳐 왔을지도 모르겠네요."

중요한 깨달음이었다. 무대는 언젠가 끝나게 돼 있다. 여배우들도 진짜 생활은 각본 밖에 있다. 모든 인간관계를 눈물나는 각본으로 물들여 버리면, 뻔한 이야기지만 좋았던 관계도 모두 비극이 된다. 그녀는 그렇게 살아오다 속이 텅 비어 버린 자신을 깨닫고 운 것이다. 이후로 그녀는 무겁게 가라앉았지만 조금씩 현실을 마주하게 됐다.

눈물의 종류

눈물에는 세 종류가 있다. 첫 번째는 양파가 매워서 흘리는 눈물이다. 이는 몸의 생리적 반응이다. 두 번째는 슬픈 각본에 의해 흐르는 눈물이다. 이는 많은 사람들이 공유할 수 있는 눈물로, 공감되는 불행에 반응해 흐른다. 세 번째는 개인적인 눈물이다. 본인밖에 모르는 자신만의 슬픔을 마주했을 때 흐른다.

프레이 박사는 눈물에 대해 "사람들은 비누로 몸을 씻고 눈물로 마음을 씻는다."라는 유대인의 속담을 인용해 설명한다. 〈귀멸의 칼날〉 영화를 보면서 펑펑 울고 나니 확실히 마음이 후련해졌다. 평소 쓰지 않는 감정을 썼기 때문에 마음의 체지방이 탔기 때문이다. 그런데 대부분의 경우 이 눈물은 마음을 바꾸지는 않는다. '아, 좋은 영화였어.'라고 생각하고 우리는 평범한 일상으로 돌아간다. 그거면 됐고 그게 좋다.

개인적인 눈물은 다르다. 이 눈물은 후련함이 아니라 아픔을 동반한다. 그녀처럼 자신의 속이 텅 비었다는 사실을 깨닫고 울 때 사람들은 후회하면서 슬퍼하고 우울해한다. 그런데 이 아픔이 삶도 마음도 조금 바꿔 놓는다. 지금까지 애써 보지 않았던 것이 조금씩 보이기 시작한다.

양파 때문에 흘리는 눈물은 눈에서 이물질을 씻어내 시야를 회복시킨다. 반면 개인적인 눈물은 마음의 눈에 뿌옇게 낀 것을 씻어 내 마음속을 전보다 잘 보이게 해 준다. 이때 보이는 것은 극히 개인적인 역사다. 자신만의 스토리다. 그래서 이런 눈물은 시험관에 받아 냉동 보관하거나 화학 성분의 수치를 표로 만들지 말고, 개인적인 장소에 남몰래 놓아두는 것이 좋다.

학자의 된장국

*

추악한 이야기를 하려고 한다. 선거 이야기다.

"저는 지금 선거판에 뛰어들었습니다!"

물론 국회의원 선거나 지방의회 선거처럼 거창한 건 아니고, 기본적으로 심리학자들만 모이는 칙칙한 학회에서 실시하는 소박한 선거다. 당선된다고 해서 좋을 건 하나도 없다. 명작 드라마 〈하얀 거탑〉에서는 학회에서 높은 자리에 오르면 부와 권력을 거머쥘 수 있는 것으로 그려졌는데 이는 명백한 허구다. 의학계에서는 어떨지 몰라도(아닐 거라 생각하지만) 최소한 심리학의 세계에서는 평일 밤과 주말까지 ZOOM 회의가 꽉 차 있고 귀찮은 업무 관련 메일이 쏟아질 뿐이다.

그래도 이기고 싶다. 무슨 일이 있어도 선거에서 꼭 이기고 싶다. 거물에게 요정으로 불려 나가 표 계산을 하거나, 고급 클럽에서 상대 후보를 함정에 빠뜨리기 위한 음모를 짜고 싶다. 필요하다면 바닥에 바짝 엎드려 보자기로 싼 돈다발을 유력자의 주머니에 찔러 주고도 싶다. 그런데 아무도 나를 그런 밀담하는 자리에 불러 주지 않으니 제대로 된 선거 운동을 전혀 하지 못하고 있다. 큰일이다. 하는 수 없이 이 연재를 통해 선거 운동을 하기로 했다.

유권자 여러분, 저를 선거에서 이기게 해 주십시오! 이번 선거에는 제가 옛날부터 알고 지내 온 사람들이 여럿 출마했습니다. 사이가 좋았던 사람도 있고 저주하는 사람도 있습니다. 어느 쪽이 됐든 제가 패하는 날에는 "마이는 여전히 인덕이 부족하군." 하고 비웃음을 당할 게 뻔합니다. 그런 굴욕은 상상조차 하기 싫습니다. 크게 이겨서 "홋홋홋, 이게 다 제가 인덕이 있어서입니다. 여러분과는 차원이 다릅니다." 하고 코웃음을 쳐 주고 싶습니다. 그러니 부탁드립니다. 깨끗한 한 표를 저에게 주십시오!

아, 이게 아닌데! 의욕이 앞서서 본심을 드러내고 말았다. 실은 표면상의 출마 이유가 있다. 그 이야기를 들어줬으면 한다. 그래서 여기서 다시 문체를 바꾼다.

레전드의 질문 공세

초여름의 맑았던 어느 날 시카노시마 선착장에는 반짝 반짝 빛나는 고급 승용차 재규어가 서 있었다.

"멀리까지 오느라 고생했어요."

80대 초반인 레전드 임상심리학자가 당시 스물다섯밖에 되지 않았던 나를 기다리고 있었다. 그곳에서 하루 묵을 예정이었다. 반짝반짝 빛나는 재규어는 섬의 좁은 길을 달렸다. 남국의 나무들 너머로 예쁜 집이 보였다.

거실은 어수선했다. 레전드는 보리차와 양갱을 내왔다. 그러더니 뜻밖에도 이런 질문을 했다.

"심리임상학이라는 것이 실제로 존재하나? 자네는 어떻게 생각하나?"

그의 눈빛은 진지했다.

"K군이 하는 말이 아직도 이해가 잘 안 돼서 말이야. 자네가 가르쳐 주었으면 하네만."

레전드는 '일본심리임상학회' 초대 이사장이었고, 나는 그의 인생 이야기를 듣고 학회 홍보지에 실을 인터뷰 기사를 쓰기 위해 방문한 대학원생 신분이었다. 그런데 그가 나를 만나자마자 '심리임상학'이 무엇이냐는 원론적인 질문을 한 것이다(이런저런 복잡한 역사가 있어 이런 이름의 학문이 생겨났다).

'당신이 만든 학회잖아요?' 하는 생각도 들었지만, 나도 원론적인 대답을 했다. 그런데 그건 내 생각은 아니었다. 이 학회의 2대 이사장이자 또 한 명의 레전드라 할 수 있는 K선생님의 영향력이 큰 대학원에서 공부하고 있었기 때문에, 평소 교수님들이 하는 말을 그대로 옮긴 것인데, 레전드가 이 말에 동의할 리 없었다.

"심리학은 알겠어. 임상심리학도 알겠고. 그런데 '심리임상학'은 뭐지?"

그의 질문은 계속됐다.

"그런 게 있나? 그건 학문인가? 난 잘 모르겠네, 그려."

인터뷰어는 난데 질문은 계속 레전드가 했다. 초밥을 배달시켜 먹으면서 사케도 함께 마셨다. 샤워를 하고 사모님의 불단이 있는 방에서 잤다. 다음 날은 아침 일찍 깨우셔서 이른 시간에 해안을 함께 산책했다. 레전드는 걸음이 빨랐다. 그날도 날씨는 맑았고 바닷바람은 셌다.

산책하는 동안에도 레전드의 질문은 계속됐다.

"심리임상학은 대체 뭔가?"

나는 계속 대답하려 애썼지만 매번 실패했다. 그런데도 레전드는 뭔가를 생각하기 위해 나에게 계속 질문을 던졌다.

"아침을 준비할 테니 앉아 있게나."

레전드는 산책에서 돌아오자 그렇게 말하고는 부엌으로 향했다. 머릿속이 복잡해진 나는 식탁에 홀로 남아 생각에 잠겼다. 레전드는 내가 그때까지 만나 온 '선생님들'과는 완전히 달랐다. 그들은 많은 말을 알고 있었고 많은 답을 갖고 있었다. 이는 물론 나에게는 눈부신 것들이었다.

이에 반해 레전드에게 있었던 건 물음이었다. 근원적이고 끈질긴 물음. 그는 끊임없이 물음을 던지고 고민했기 때문에, 대학원생을 상대로도 진지한 논의를 할 수 있는 사람이었다. 내 인생에서 처음 만난 진정한 학자였다.

"다 됐네. 가져가게."

레전드의 목소리가 들렸다. 나는 밥과 쓰케모노(일본식 채소 절임-옮긴이), 그리고 미소 된장국을 식탁으로 옮겼다. 미소 된장국의 건더기는 너무 큰 데다 볼품이 없었고 맛은 싱거웠다. 연로하셨으니 그럴 만도 하다. 그래도 남기지 않고 깨끗이 비웠다. 주는 건 남김없이 다 삼키고 싶었다.

염분은 줄이고 철분鐵分은 가득

학자란 지식이 많은 사람도, 기술에 정통한 사람도, 머리가 좋은 사람도 아니다. 그런 것들도 있으면 물론 좋지만, 본질은 근원적인 것에 끊임없이 질문을 던지는 데 있다. 그리고 상대를 가리지 않고 계속 토론하는 데 있다. 소크라테스도 그랬다. 학자란 무릇 임상심리학자든 아니든 본질적으로는 철학자다. 노학자의 미소 된장국에는 염분은 적었고 철분은 가득했다.

학자들에게는 학회가 필요하다. 눈앞의 실용성이나 정치적, 경제적인 것을 넘어 근원적인 것에 대해 논하기 위한 특수한 장이 필요하기 때문이다. '심리임상학회'에서 '심리임상학이란 무엇인가?'에 대해 논한다고 하면 뜬구름 잡는 이야기라 할지 모른다. 하지만 뜬구름 잡는 이야기가 있어야 근원을 파고들 수 있다.

'근원론'에 대해 매우 진지하게 논할 수 있는 곳에서만 학문은 가능해진다. 그곳에서만이 학자와 학자가 만나 의견을 나누면서 서로 영향을 주고받을 수 있다. 그런 장을 유지하기 위해서는 누군가가 선거에 나가 운영 권한을 부여받아야 한다. 예전에는 심부름이나 하는 학생 신분이었던 나도 이런 일을 할 수 있을 만한 나이가 됐다.

그러니 깨끗한 한 표를! 하고 마지막 부탁을 쓰려 했는데, 생각해 보니 이 글이 세상에 나올 즈음엔 투표가 이미 끝난 뒤라는 걸 이제야 깨달았다. 아, 이를 어쩌나? 생각만 해도 부아가 나는 그 녀석한테 득표수에서 지면 어쩌나? 나의 이런 유치한 생각을 레전드들도 예전에는 과연 했을까. 그들도 사람이니 분명 했을 거라 생각하면서 지금은 작고하신 그분들의 명복을 빈다.

PART 5

다시, 봄

고독의 형태

*

애독자 여러분 대단히 안타까운 소식이 있습니다!

이 연재는 이번을 포함해 앞으로 6회면 막을 내린다. 미리 밝혀 두지만 이건 중단되는 게 아니다. 1년 기한으로 시작해 1년이 다 돼서 끝나는 것이다. 당초 계획대로다.

어? 아니지. 나한테 말만 안 했지 이거 실은 중단되는 거 아냐? 원래는 장기 연재가 될 수도 있었는데, 내용이 그저 그러니까 모양새 좋을 때 자르려는 것 아닌가?

대체 뭐 하자는 겁니까! 편집자 양반, 매번 원고 좋다고 칭찬해 놓고, 뒤에서는 "마이 선생님은 농담을 하신다고 하는데 뭔가 핀트가 안 맞아요." 하고 깔깔대고 있었던 게 틀림없다. 하, 괴롭다. 더 이상 살아갈 힘이 없다.

아니지. 꼭 그렇게 생각할 것도 아니지. 이런 연재는 끝나도 전혀 상관없다. 소재는 애저녁에 고갈됐지, 마음속에 있는 서랍은 마치 야반도주한 집의 부엌처럼 텅 비어 있지 않았던가. 그런데도 납기는 매주 돌아와 얼마나 괴로웠나? 연재만 끝나면 지금까지 참았던 이런저런 일들을 할 수 있어서 인생을 알차게 보낼 수 있다. 연재 종료 만만세!

이게 아닌데…… 피해망상을 늘어놓고 허세를 부리려던 게 아니다. 실은 그저 슬프다는 이야기가 하고 싶었다. 매월 입금되던 원고료가 끊기는 게 슬프다……. 아, 또 실없는 농담을 하고 말았는데 정말 그런 게 아니다.

마지막은 슬프다. 마지막이 눈앞으로 다가오면 자꾸만 미쳐 버릴 것 같은 기분이 들어 마음에도 없는 소리를 하거나 행동을 하면서 슬픔을 날려 버리려고 한다.

유언과 논문

50대 후반의 독신인 그녀가 상담실을 처음 찾은 건 긴 간병 끝에 아버지가 돌아가신 게 계기였다. 아버지의 유언장에는 유산의 대부분을 남동생에게 남긴다고 쓰여 있었다. 아버지에게 배신당한 것이 분해 화를 내고 따지고 싶어도 아버지는 이미 이 세상 사람이 아니었다. 갈 곳을 잃은 분노의 화살은 자기 자신을 공격하고 있었다. 그러다 결국 그녀는 심한 우울증에 빠져 매일 죽고 싶다고 생각했다.

그녀는 2년 동안 상담을 받으면서 많이 좋아졌다. 아버지에 대한 생각은 정리가 됐고 마음 붙일 곳도 찾았다. 일에 보람을 느끼게 됐고 친하게 지내는 친구도 생겼다. 자신의 인생에 대해 '이거면 됐어.' 하고 생각하게 되면서 우울증은 거의 사라졌다. 서서히 상담을 마칠 때가 다가오고 있었다. 그래서 같이 상의해서 상담을 3개월 후에 마치기로 했다.

"서운하네요."

그녀는 그렇게 말했지만 웃고 있었다. 끝은 새로운 시작이라고 생각하는 것 같았다. 그런 그녀에게 이상한 징후가 나타나기 시작했다. 상담에 지각을 하기도 하고 취소하는 날도 있었다. 그뿐 아니라 우울증도 다시 나타났다. 막상 상담이 끝난다고 하자 크게 동요했던 것이다.

"제 이야기를 논문으로 써 주세요."

그녀가 어느 날 갑자기 이런 요구를 해 당황스러웠다. 최근에는 논문을 쓰지 않았던 데다 무엇보다 그녀가 왜 그런 요구를 하는지 전혀 짐작이 가지 않았기 때문이다. 그래서 그건 어렵다고 하자 그녀는 크게 낙담하는 눈치였다. 그다음 상담은 무단으로 오지 않았고, 그다음 주에 와서는 "오늘로 끝내고 싶어요."라고 했다.

상담을 마감하기로 같이 정한 날까지는 아직 한 달 이상 남아 있었지만 그녀는 완강했다. "할 이야기가 없어요. 저는 괜찮습니다."

이건 실은 상담 초기에 반복됐던 패턴이다. 그 무렵 아버지에게 배신당한 그녀는 나에게도 배신당하지 않을까 두려워했다. 그래서인지 나와의 사이에서 신뢰가 싹트기 전에 일찌감치 상담을 끝내려 했다. 상담을 계속하면서 그런 불안은 서서히 가라앉았는데 그때 느꼈던 고독이 다시 고개를 든 것이다.

"예전으로 돌아가신 것 같아요. 상담을 마친다는 사실이 당신을 고독했던 그때로 되돌려 놓은 것 같습니다."

"선생님은 실은 후련하신 거 아닌가요?"

그녀는 쓸쓸해하며 말했다.

아찔했다. 아버지의 망령이 다시 나타난 것이다. 논문에 자신의 이야기를 써 달라고 했던 건 유서에 자신의 이름을 남겨 주길 바랐던, 예전의 간절했던 바람 그 자체였다.

"상담이 끝나고 나면 당신이 있을 곳이 없다고 생각돼 괴로워하시는 것 같습니다."

그녀는 눈물을 꾹 참아 가며 끄덕였다.

그날 이후 상담을 마치기로 처음 약속한 날까지 우리는 충분히 이야기를 나눴다. 상담을 통해 무엇이 가능했고 무엇이 불가능했는지, 그녀의 고독은 어떤 점이 달라지고 어떤 점이 그대로인지에 대해. 깔끔하게 헤어지기 위해서는 둘 사이에 존재했던 것과 존재할 수 없었던 것을 확인할 시간이 필요했다. 그것이야말로 아버지와는 할 수 없었던 것이다.

마지막을 준비합시다

가슴에 손을 얹고 예전에 사귀었던 연인들과의 이별을 떠올려 보자. 비슷한 이별을 반복해 오지는 않았는가. 비슷한 일로 싸우고 비슷한 상황에 빠지다 비슷한 결말에 이르는 패턴에서 우리의 고독의 형태가 드러난다. 이는 아마도 이별에 직면하면 오래된 상처가 다시 도지기 시작하기 때문일 것이다. 지금까지 당연히 있었던 존재를 잃게 되면 예전의 깊은 상처가 되살아나 우리를 미치게 한다.

물론 고독의 형태는 다양하다. 졸업식에서 하는 행동이 사람마다 각자 다르듯, 감상적이 되는 사람도 있고 피해망상에 빠지는 사람도 있다. 아무 일도 없었다는 듯 그냥 지나가는 사람도 있다. 그런 데서 그 사람의 마음을 엿볼 수 있다.

그래서 상담을 끝내기로 결정할 때는 바로 끝내지 않고 충분한 시간을 갖는다. 끝을 향해 가는 시간에 드러나는 고독에 대해 이야기를 나누기 위해서다. 고독은 관계를 통해 해소하는 것만이 방법은 아니다. 고독에서 벗어나지 못하더라도 고독함을 상대가 이해해 주면 그 고독의 형태가 조금이나마 바뀐다. 고독을 견디고 음미할 수 있게 된다.

사람은 반드시 죽게 돼 있고 연재도 이 책도 반드시 끝나게 돼 있다. 그래서 우리는 살아 있는 동안 많은 이야기를 하는 것이 좋다. 그것이 좋은 끝을 위해 필요한 것이라고 생각한다, 라고 쓰고 나니 이제 5회밖에 남지 않았다. 아, 슬프다. 여러분도 슬프죠? 그래서 마지막을 준비하는 시간이 필요한 겁니다. 슬퍼요.

골판지 나라

*

몇 년 전 '공인 심리사'라는 국가 자격이 생겼다. 오랫동안 민간 자격밖에 없어 법률적으로 애매한 위치에 있던, 심리와 관련된 일이 드디어 국가로부터 공인을 받게 된 것이다. 업계 입장에서는 매우 기쁜 일이지만, 개인적으로는 불만이다. 무엇보다 이름이 마음에 들지 않는다. 촌스럽지 않은가?

이런 나의 생각에 대해, 시청 식당이 세련되길 바라는 격이라고 할지 모르지만, 예를 들어 '공인 회계사'는 꽤 괜찮은 이름이라고 생각한다. 그 이유는 아마도 회계는 공인돼야 하기 때문일 것이다. 세상에 비공인 회계가 넘쳐난다면 자본주의는 망가질 것이다. 그런 의미에서 '공인'과 '회계'의 조합은 청결한 느낌마저 준다. 이에 반해 마음은 공인돼야 하는 것이 아니지 않은가.

이렇게 국가 반역적인 생각을 하면서도, 서글프지만 근본은 소시민이다. 국가 자격증을 꼭 따고 싶어졌다! 하지만 시험까지는 정말 쉽지 않았다. 먼저 '현임자 교육'이라는 힘든 연수를 받아야 했다. 아침부터 밤까지 일주일 동안 대형 회의실에 갇혀, 처음부터 끝까지 교과서를 줄줄 읽는 수업을 듣고 앉아 있어야만 했다. 그 시간은 스마트폰 사용도 허락되지 않았다. 어릴 적에 나쁜 도사에게 저주를 받아 앉아서 수업을 들을 수 없는 체질이 되어 버린 나에게 그보다 더한 고행은 없었다.

연수가 끝나고 저주에서 풀려났을 때 나는 완전히 세뇌돼 있었다. 모든 만나는 사람들에게 "뭐 하시는 겁니까? 공인 심리사는 그런 짓 안 합니다." 하고 설교를 하며 다녔다. 국가는 정말 대단하다. 틀을 만들어 놓고 거기에 몸과 마음을 쏙 집어넣어 버리니 말이다. 공인을 받는다는 건 그런 것이다. "그런데!" 하고 내 안에 있는 비공인 심리사가 속삭인다.

"그게 정말 마음 맞아?"

골판이와 올챙이

아직 대학원생 신분이었을 때 초등학교에서 아르바이트를 한 적이 있다. 2학년 교실에서 수업을 따라가지 못하는 아이들을 보조하는 일이었는데 생각보다 힘들었다. 도사의 저주로 선생님의 말씀을 듣고 있으면 금세 공상의 세계로 빠지는 것도 문제였지만, 무엇보다 몸이 근질근질해서 의자에 앉아 있을 수가 없었다. 실은 내가 가장 수업을 따라가지 못했다. 그리고 또 한 명 잘 적응하지 못하는 소년이 있었다. 그 아이의 별명은 '골판이'였다. 교실 맨 뒤에는 그 아이만을 위한 골판지 상자가 있었다. 아마도 덴구(天狗, 신통력이 있어 하늘을 날며 깊은 산속에 산다는 상상의 괴물ㅡ옮긴이)의 저주를 받은 게 틀림없었다. 골판이는 수업 중에 교실 안을 마음대로 돌아다니면서 아무한테나 말을 걸었다. 선생님이 주의를 주면 흥분해 수습이 되지 않는다. 그럴 때면 아이는 상자 안으로 숨어 버렸다.

내가 상자 안으로 얼굴을 들이밀면 "하지 마." 하고 투덜대면서 상자 안쪽 벽에 매직으로 낙서를 했다. 벽에는 집과 차가 가득 그려져 있었다. 물어보니 거기는 왕국이고 그곳의 왕은 골판이라고 했다.

"와, 멋있다."

내가 그렇게 말하자 그 아이는 우리 집도 그려 줬다. 그 상자는 수업을 따라가지 못하는 아이들이 망명을 가는 작은 나라가 됐다. 나도 거기에 눌어붙었다. 어른과 아이가 상자 안에서 부스럭대는 진풍경이 벌어졌다.

그러던 어느 날 점심시간에 남자 아이들이 장난을 치다

가 실수로 상자를 찌그러뜨렸다. 골판이는 납작해진 왕국을 바라보며 할 말을 잃었다. 선생님은 새것을 준비해 주겠다고 약속했지만, 상자가 오는 건 다음 날 이후나 돼야 할 것 같았다. 오후 수업 첫 번째 시간에 골판이는 평소보다 더 교실을 왔다 갔다 했지만 도망칠 곳이 없었다. 그러자 교실 밖으로 뛰쳐나갔다.

"빨리 따라가세요!"

선생님 지시에 나도 달렸다. 물론 금방 따라잡을 수 있었지만 일부러 천천히 달렸다. 입으로는 "거기 서-!"라고 하면서도 슬로 모션으로 달렸다. 나도 교실로 돌아가고 싶지 않았기 때문이다. 골판이는 복도를 마치 날듯이 달렸다. 학교 건물에서 나와 체육관 옆을 지나쳐 뛰었다. 골판이는 뒷마당에 있는 작은 연못에 와서야 걸음을 멈추고 쪼그려앉았다.

"올챙아, 너 거기 있지?"

자세히 보니 뿌연 연못 가득 올챙이들이 꼬물꼬물 헤엄치고 있었다. 봄이구나.

"발이 나온 놈을 찾아야지."

골판이는 올챙이를 손가락으로 척척 잡았다. 교실에서는 볼 수 없던 집중력이다.

"대단하다."

내가 그렇게 말하자 골판이가 활짝 웃었다. 학교 종이 칠 때까지는 아직 시간이 있었지만, 우린 올챙이 잡기를 계속했다. 마치 신데렐라 같았다. 학교 종이 쳐서 마법이 풀리면, 골판이는 학교에 적응하지 못하는 소년으로 돌아간다. 나도 쓸모없는 대학원생으로 돌아간다. 어차피 언젠가는 교실로 돌아가야 한다. 그래서 조금만 더 멋진 골판이를 지켜보고 싶었다.

비공인된 장소

무사히 국가시험에 합격한 나는 공인 심리사가 됐다. 하지만 평소 업무에서 다루는 것은 온통 비공인된 이야기들뿐이다. 예를 들어, 자주 듣게 되는 이야기가 바로 불륜이다. 이는 밖으로는 드러낼 수 없는 개인적인 문제라 여기서 받은 은밀한 상처는 병원이나 시청에서는 상담이 어렵다. 그런 이야기들이 주소가 공개되지 않은 상담실로 흘러 들어온다.

마음은 어디에 있는 것일까. 나는 골판지 상자 속 나라 안에 그리고 뒷마당 연못 언저리에 있다고 답하고 싶다. 마음은 비공인된 장소에서 모습을 드러낸다.

물론 마음에는 공인된 장소도 필요하다. 수업에는 꼬박꼬박 출석하는 게 좋고, 국가자격증을 받기 위한 교육은 전국 어디서나 일률적으로 운영돼야 한다. 명칭은 촌스러워도 공이 공으로서 확실히 존재하는 건 매우 중요하다. 골판지 상자 나라가 교실 안에 있었기에 망정이지, 길바닥에 있었다면 골판이의 마음을 감싸 안아 주기는 불가능했을 것이다. 마음에는 어느 정도 모두와 공통된 형태가 있는 게 사는 데 편하다.

단, 거기서 삐져나오는 부분도 있다. 그렇게 극히 개인적인 부분을 우리는 갖고 있다. 이런 부분은 교실의 형광등 아래에서는 이질적이고 기묘한 것으로 보일 수도 있다. 하지만 탁한 연못 언저리에서 올챙이 잡기를 하고 있을 때는 같은 본질이 '골판이다움'으로 멋져 보인다. 이 양쪽의 균형을 잘 맞추는 것이 바로 마음과 마주하는 방법이다. 그래서 공인 심리사가 된 지금도 내 마음속에 있는 비공인 심리사는 계속 속삭인다.

"그게 정말 마음 맞아?"

빙의와 극장

*

"마이."

"왜? 마틸다."

"언젠가 쿠바에 가 보고 싶어."

"정말? 아와모리(오키나와 전통 소주—옮긴이)는 태국 쌀로 만든다는데?"

"그래? 난 아와모리 별로 안 좋아해. 다음 날 일어나면 숙취가 심해서."

"아, 올해 시카고 불스는 기대하기 어려울 것 같아."

"마이, 너 내 얘기는 전혀 안 듣고 있지?"

여자는 바 카운터에 글라스를 얌전히 내려놓고는 험악한 말투로 말했다.

남자는 평정심을 유지하려 애쓰며, 위스키를 한 모금 홀

짝였다.

"마틸다, 무슨 소리야? 다 듣고 있어. 난 온몸이 귀야."

여자는 한숨을 쉬더니 자리에서 일어났다.

"난 메리야. 다시는 나 아는 척하지 마!"

마이 도하타. 캔자스 주 토피카에 있는 정통 바에서 마이 동풍이 되기로 작정한 하드 보일드한 일본인 마이 씨는 종횡무진 연예 뉴스를 낱낱이 파헤치는 연재를 쓰고 싶었다.

일찍이 기독교 신자였던 소설가 엔도 슈사쿠는 '고리안산인'이란 이름으로, 임상심리학자 가와이 하야오는 자칭 '일본거짓말클럽회장'으로 에세이를 썼다. 이 두 사람은 다음과 같이 말했다.

"평소 딱딱한 일을 하는 사람이 소프트한 에세이를 쓸 때는 제2의 인격이 있으면 편하다. 그뿐 아니다. 제2의 인격은 마음을 풍요롭게 해 준다. 평소 살아 보지 못한 측면에 빛이 비치고, 주위에서도 '저 사람 정도면 그래도 되지.' 하고 좋게 봐 준다."

그래서 마이 씨가 탄생한 것이다. 지금까지는 여기저기 비위 맞추며 사느라 급급했기 때문에, 마이동풍을 콘셉트로 잡고 이 연재를 시작했다. 그런데 서글프도다. 유명 캐릭터가 된 고리안 선생에 비해 마이 씨의 캐릭터는 존재감이 아직 부족하다. 아직 캐릭터가 확고하게 자리 잡지 못했다. 그래서 결국 독자들에게도 별로 알려지지 못했고, 주위에서도 아무도 나를 마이로 대해 주지 않았다. 그래서 지금도 여전히 남의 비위를 맞추느라 여념이 없다. 아, 원통하도다.

병원이 아니라 신사神社

이야기가 이상하게 흘러갔다. 그녀가 상담을 받으러 온건 원래 등교 거부 중인 딸 때문이었는데, 어느 날 갑자기 전혀 상관없는 이야기를 시작했다. 결혼하기 전, 시스템 엔지니어로 일하던 시절의 그녀는 불행했다. 대학에서 정보과학을 전공하고 커리어를 쌓으려 했지만, 직장에는 유리천장이 있어 상사와 동료들의 시선은 싸늘하기만 했다. 교제하던 남자와 헤어진 것도 비슷한 시기였다. 사귀던 남자와 그의 가족들뿐 아니라 그녀의 가족들까지도 그녀가 직장을 그만두고 집에 들어앉기를 원했는데, 그녀가 끝까지 거부했기 때문이다.

당시에는 되는 일이 하나도 없었다. 지금 돌이켜보면 정신상태가 정상은 아니었던 것 같다고 했다. 그녀는 잠도 잘못 자고 항상 불안했다. 그런데 그녀가 도움을 청한 건 병원이 아니라 신사였다. 퇴근길에 어릴 때부터 자주 놀러 갔던 동네 신사에 들르게 됐다. 신을 믿지는 않았지만, 당시에는 신사를 찾아가 기도했다.

"신이시여, 도와주소서."

그러던 어느 날 야근이 길어져 밤늦게 신사를 찾아 평소처럼 새전함 앞에서 합장을 하고 있는데, 누군가 그녀의 이름을 불렀다.

"○▲×!"

무서운 목소리에 그녀는 전율을 느꼈다.

"◇×●‼"

목소리의 주인공은 자신을 '신'이라고 밝혔다. 그녀에게는 그 무렵의 기억이 거의 없지만, 그때부터 세상은 그녀의 연극 무대가 됐다. 신의 목소리가 지령을 내리면 그녀는 신이 시키는 대로 행동했다.

직장에서는 상사에게 호통을 쳐 아수라장을 만들었고, 가족들에게는 심각한 표정으로 "나, 곧 죽을 거야."라고 말해 모두를 기함하게 했다. 가족들은 그녀를 데리고 유명하다는 영능자들을 찾아다녔고, 선조들의 묘를 다니며 절도 했다. 직장을 그만두고 퇴직금으로 꽤 많은 돈을 받았다. 그리고 결국 정신병원에 입원했다. 세 달이 지나 퇴원할 때쯤에는 환청은 전혀 들리지 않았다. 신이 그녀를 떠난 것이다.

그 이후의 인생은 완전히 텅 빈 공터 같았다. 그녀는 나이 서른에 무직이었지만, 가족들은 그녀에게 평온하게 지내는 것 이외에는 그 어떤 것도 바라지 않았다. 그녀는 한동안 요양을 하고 나서, 비상근직으로 엔지니어 일을 다시 시작했고, 그러다 상근직으로 채용됐다. 한 남자와 결혼했고 아이도 생겼다. 일을 계속하면서 육아를 해 왔다. 그러다 딸이 등교 거부를 하게 된 것이었다.

"그때 왜 그랬는지 지금도 저는 모르겠어요."

그녀는 머리를 갸웃거리며 말했다. 나도 영문을 몰랐다. 왜 이 시점에 이런 이야기를 하고 있는지. "이상한 이야기죠?" 하고 그녀는 억지로 그때까지의 이야기를 끝내고는, 딸이 밤늦게까지 스마트폰을 본다는 이야기로 돌아왔다.

마음의 월드 투어

사람들은 마음은 하나라고 생각하는 것 같다. 그런데 실은 마음은 여러 개다. 실제로 지금 이 순간에도 내 안에는 '나'의 목소리도 있지만, '마이 씨'의 목소리도 있다. 글을 쓸 때도 1인칭을 '나'라고도 썼다 '저'라고도 썼다 해서 정신사납다.

마음은 극장과 같다. 당신의 마음속에는 자아가 여럿 존재해 이들이 등장했다 퇴장하기도 하고, 싸웠다 화해하기도 하는 드라마를 펼치고 있다. 그중 어느 것이 '진짜 자기'라고 단정 지을 수 없다. 모두가 진짜고 모두가 일부분에 지나지 않는다. 서로 이야기를 나누면서 협상이나 타협도 할 수 있을 때 비로소 온전하게 '자신'을 살아가고 있다고 할 수 있을 것이다.

그런데 이 드라마가 마음 밖으로 튕겨 나올 때가 있다. 빙의됐던 그녀의 경우가 그랬다. 여자로서의 삶이 힘에 부치자, 그녀의 마음속에 있던 '이대로는 살아갈 수 없다.'라는 생각이 '신'의 모습으로 나타났다. 신은 그녀의 환경을 '극적'으로 바꿔 놓았다. 마음의 극장이 월드 투어를 시작한 것이다. 온 세상이 극장이 돼 주위 사람들이 마구 휘말리는 일대 사건이 벌어졌다. 예전에는 흔했고 현대에도 종종 벌어지는 이런 일들은 상담 중에 은밀히 흘러나온다.

마음의 등장인물들에게는 대사가 주어지는 게 좋다. 역할이 있고 등장할 장면이 있는 게 좋다. 혼자서 쭉 하는 모놀로그 드라마는 쓸쓸하고, 역할이 없는 배우의 불만이 폭발하면 마음의 극장은 망가진다. 마음과 마음이 서로 충분히 대화를 나눌 때 마음은 무리 없이 존재할 수 있다.

여기까지 쓰고 나니 마이 씨 캐릭터의 존재감이 부족했던 건 '나'와 '마이 씨'의 구분이 분명하지 않았기 때문일지도 모른다는 생각이 들었다. 나는 예전부터 줄곧 마이동풍이었는지 모른다. 이상하다? 평소에는 온몸이 귀가 돼서 다른 사람들에게 비위를 맞추고 있는데…….

미래에 희망이 있을까

*

이 글을 쓰고 있는 요즘은 졸업식 시즌이다. 학생들이 각자의 미래를 향해 날갯짓을 시작하는 시기다. 축하를 받아 마땅하지만, 학생들마다 명암이 갈리는 시기이기도 하다. 1지망 기업에 취직돼 기대에 가슴이 부푼 학생도 있고, 원치 않는 곳에 취직돼 속상해하는 학생들도 있다. 아예 취직이 안 돼 봄부터 어떡할지 몰라 막막해하는 학생들도 있다. 같은 대학에 4년을 다녀도 미래는 천차만별이다. 당연하다면 당연한 일이지만 역시 사회는 잔혹하다.

대체 그 차이는 어디서 생기는 걸까? 자기가 원하는 곳에 취직한 학생들에게 물었더니 "뭐든 일찌감치 해 뒀어요."라며 입을 모았다.

정리하자면 이렇다. 2학년 때부터 직종과 업계에 대한

정보를 모아 가며 사전 준비를 한다. 설명회에도 참석하고 단기 인턴도 하면서 가고 싶은 회사를 좁혀 간다. 3학년 때는 목표로 정한 회사에서 장기 인턴을 하면서 얼굴을 알린다. 이정도 해 두고 본격적으로 구직 활동을 시작했더니 바로 합격통지를 받았다고 한다. 이에 반해 자신의 뜻대로 잘 되지 않은 학생들은 할 일을 자꾸 미루다 보니 어느새 이력서를 내야할 기간이 끝나 버렸다고 했다.

결국 미래를 내다보고 미리 준비하고 노력하자는 진부한 이야기다. 대학교에서 실시하는 취업 설명회에서 귀에 못이 박이도록 들었을 것이고, 어쩌면 초등학교 때부터 쭉 들어왔을 그런 이야기다. 태곳적부터 훌륭한 학자들이 꿰뚫어봤듯이 자본주의란 미래를 위해 살아가는 사람들을 우대하는 사회다.

"우리도 다 안다. 하지만 도저히 미래를 위해 뭔가를 할여유가 없다. 당장 발등에 떨어진 일을 처리하기에도 바쁘다."라고 말하는 학생들을 보고 있으면, 미래는 모든 사람들에게 주어지는 당연한 것이 아니라는 생각이 든다. 미래가 존재하기 위해서는 반드시 필요한 전제가 있다.

파이낸스와 커리어와 혈당

40대 초반의 남자가 내과 전문의의 소개를 받아 상담실을 찾아왔다. 당뇨병 관리가 너무 어렵다는 이유에서였다. 그는 인슐린 주사는 매번 까먹기 일쑤고 식단관리도 어려워했다. 거기에 문제가 하나 더 있었다. 지금 하고 있는 일의 계약 기간이 얼마 남지 않아 새로운 일은 찾아야 했다.

그런데 진짜 문제는 그가 이 모든 문제에 절망하고 있다는 사실이었다. 당뇨든 이직이든 노력한다고 되겠냐며 자포자기가 된 그는 무기력함과 우울증에 빠져 있었다.

그 배경에는 여러 사정이 있었는데, 그중 하나가 일본이 취직 빙하기라 불렸던 시절에 대학을 졸업하는 불운을 겪은 것이다. 정규직이 될 수 없었던 그는 오랫동안 계약직과 파견직으로 일해 왔다. 그는 이런 현실에 대해 자신의 능력과 노력이 부족한 탓이라며 자책했다. 실제로 그는 성실하고 커뮤니케이션 능력이 뛰어난 사람이었기 때문에, 나는 그의 그런 생각은 공정하지 못한 판단이라고 생각했다. 그래서 사회가 그를 냉대했기 때문은 아니냐고 물은 적도 있었는데 공감하지 못하는 눈치였다.

상담은 진전과 후퇴를 반복했다. 그는 자신의 현실에 맞춰 노력하려는 마음도 있었지만, 될 대로 되라는 식의 패배의식도 있었다. 이력서를 쓸 때 자신의 장점을 쓰는 난까지 오면 펜이 멈췄고, 탄수화물을 자제한 다음 날에는 폭식을 하기 일쑤였다. 자신을 아끼려 하지만 아끼지를 못했다. 그런 그에 대해 우리는 이야기를 계속했다.

상담은 큰 진전이 없었지만, 그래도 시간은 흘렀다. 마음은 같은 곳을 맴돌고 있어도 현실은 어김없이 다가왔다. 직장의 계약 만료일이 다가오고 있었다. 그런데 취업 때문에 상당한 스트레스를 받고 있던 그에게 뜻밖의 일이 일어났다. 지인 몇 명이 일을 소개해 준 것이다. 평소 그의 성실함과 인품을 눈여겨봤던 사람들이 있었다. 그는 놀랍고 기쁘면서도, 한편으로는 소개 받은 몇 가지 일 중 어느 것을 골라야 할지 몰라 당혹스러워했다. 그는 지금까지 될 대로 되라는 식으로 그때그때 되는 대로 살아왔기 때문이다. 하지만 이제 그는 자기 앞에 놓인 몇 가지 선택지 중 하나를 골라야 했다.

고민 끝에 엑셀로 정리해 보기로 했다. 매달의 식비와 주거비 등의 지출을 기록하고, 앞으로 필요한 것과 갖고 싶은 것, 그리고 필요한 자산을 계산해 엑셀로 정리했다. 태어나서 처음으로 그는 자신의 파이낸스를 파악하려 했던 것이다. 그러자 자연스럽게 자신이 골라야 할 직장이 보이기 시작했다. 그뿐만이 아니었다. 새로운 직장의 고용주와 처우에 대해 끈기 있게 협상을 할 수 있었다. 그는 가까운 미래를 상상하며 스스로 끌어당겼다.

세 달 후 이직을 계기로 상담을 끝내게 됐다. 마지막 날 나는 마음에 걸렸던 것에 대해 물었다.

"몸은 어떠세요?"

"그게 정말 신기한 게요."

그는 수줍어하면서도 어딘가 자랑스럽게 말문을 열었다.

"이유는 잘 모르겠는데 이젠 조절이 잘돼요."

식비 계산을 시작했을 무렵부터 생활 습관이 잡혔고, 그러면서 주사 놓는 것도 잊어버리지 않게 됐다고 했다. 혈당치는 주치의도 놀랄 정도로 정상치 가까이까지 내려갔다. 왠지알 것도 같았다. 파이낸스와 커리어와 혈당치는 하나로 묶여있다. 모두 자신을 소중히 해야 하는 것들이다. 그런 생각을하면서 그를 보자 어딘지 당당해 보였다.

사회가 나쁘다

미래를 살아가기 위해 반드시 필요한 건 희망이다. 시험공부를 하기 위해서는 좋은 점수를 받은 자신을 상상할 수 있어야 한다. 현재의 자신에게 희망을 품을 수 있어야 사람은미래를 상상하며 행동으로 옮길 수 있다.

흔한 말로 '자기긍정감'이라 한다. 실제로 그는 입버릇처럼 "자기긍정감이 낮다."고 말했다. 스스로 자신을 긍정할 수없다는 이야기였다. 그런데 원래 자기를 긍정하는 건 자신이 아니라 타인이다. 더 나아가 사회에도 그럴 의무가 있다.

생각해 보자. 경기가 나빠지면서 기업들이 채용을 줄였다. 기업들이 불확실한 미래를 내다보고 전도유망한 젊은이들의 직업을 빼앗은 것이다. 그런데 이것을 젊은이들 개인의 자기 책임으로 돌리고 있으니, 젊은이들은 미래를 상상하기 위한 힘마저 잃고 마는 것이다. 이는 우리 사회의 미래를 빼앗는 것이나 다름없다.

자기 탓을 하며 졸업하는 학생들을 떠나보내며 이런 생각에 잠겼다. 말해 주고 싶다. "너희 잘못이 아니다. 잘못은 사회에 있다. 소중히 해야 할 우리의 미래를 냉대하는 사회가 나쁘다."라고. 이런 생각에 다다르자 문득 자기긍정감이 낮은 것은 다름 아닌 우리 사회고, 지금 사회는 미래를 상상할 힘도 끌어당길 힘도 없는 게 아닌가 하는 생각이 들었다.

마음은 두 개가 필요하다

*

다음이 연재 마지막 회다. 꼭 쓰고 싶었던 이야기는 없는
지 요 며칠 곰곰이 생각 중인데, 사실 내가 지금까지 무슨 이
야기를 써 왔는지도 잘 기억나지 않는다. 전체적인 구성이나
계획 없이 일상의 덧없음을 닥치는 대로 써 온 탓이다. 주간
연재는 과거를 돌아보거나 미래를 생각할 여유가 전혀 없다.

우리 삶도 그렇다. 장애물 경기처럼 '매일'이 밀려온다.
자신을 향해 달려오는 장애물을 필사적으로 뛰어넘으며 겨
우 살아 내고 있다. 눈 깜짝할 사이에 1년이 지나 버렸다. 그러
니 내가 어떤 장애물을 뛰어넘었는지 일일이 기억하기도 어
렵다. 생활은 망각의 집적이라 할 수 있다.

그래도 1년이라는 시간을 되돌아보니 거기에 흐름이 아
예 없었던 건 아니다. 주변 사람들은 모를 테고 스스로도 긴

가민가하지만, 실은 1년 전의 나와 지금의 나는 약간의 차이가 있다. 이 차이가 3년, 5년, 10년 쌓이다 보면, 흐름이 또렷해져 강물처럼 보일지도 모른다. 사람들은 이를 역사나 인생이라 부를 것이다.

그리 생각하면서 되돌아보니 이 연재의 전반부는 코로나19에 관한 이야기가 많았지만, 후반부는 '마음이란 무엇인가'에 대해서만 써 왔다는 사실을 새삼 깨달았다. 세상이 크게 변해 가는 가운데, 마음을 위한 장소가 점점 줄어들고 있다고 느꼈기 때문이다. 말단 심리사인 나는 '마음을 지원 사격해 줘야겠다'고 생각했다. 그래서 '그럼에도 마음은 존재한다'고 써 왔다. 그렇다면 마지막으로 '그럼에도 마음은 존재한다. 그런데 대체 어디에?'라는 질문에 대해 답하고자 한다.

하얀 이어폰과 백일몽

30대의 그 남자는 소파에 앉자 하얀 이어폰을 빼고 50분 동안 이야기를 나눈 뒤 다시 이어폰을 귀에 꽂고 상담실을 나섰다. 영상 관련 일을 하는 그가 상담실을 찾은 것은 두 번째 이혼을 하고 혼자 살 집으로 이사를 간 뒤 우울증에 시달리게 됐기 때문이다. 다행히 상담을 시작한 지 얼마 지나지 않아 우울증은 상당히 좋아졌다. 그러자 그때부터 상담 시간 내내 자신의 작품이 어떤 콘셉트로 만들어지고 있고, 그것이 얼마나 평가를 받고 있는지에 대해 이야기하기 시작했다.

그의 이야기는 지적이고 흥미로웠기 때문에 처음에는 감탄하면서 들었다. 그런데 점점 지겨워지기 시작했다. 결국 자기 자랑이었기 때문이다. 이어폰을 빼고 성공담을 늘어놓고 다시 이어폰을 꽂고 돌아가는 상담은 그 이후로도 계속됐다. 나는 몇 번 성공담의 이면에 있는 상처로 화제를 돌리려고 시도했지만, 그는 별로 공감하지 않는 눈치였다.

어느 날 그가 상담실을 떠난 뒤 소파를 보니 하얀 이어폰 케이스가 있었다. 주머니에서 빠진 모양이었다. 다음 상담이 끝나고 나서 이어폰을 두고 갔다고 문자 메시지를 보냈더니, 득달같이 그날로 가지러 오겠다는 답장이 왔다. 그는 일부러 일하다 말고 이어폰을 가지러 왔다. 그다음 주에 상담을 하러 와서는 번거롭게 해서 미안하다고 사과했다.

"그게 없으면 충전을 할 수가 없어서요."

그는 늘 이어폰을 꽂고 댄스 뮤직을 듣는다고 했다.

"음악을 들으면서 작품이 호평받을 때를 떠올려요. 그럼 기분이 좋아지거든요."

그가 수줍은 듯 덧붙였다. 그에게는 백일몽이 있었던 것이다. 화제는 그날도 어김없이 성공담이었는데, 그때 처음 내가 그때까지 느꼈던 지겨움은 실은 외로움이었다는 것을 깨달았다. 그의 전처들의 마음도 알 것 같았다. 그는 백일몽을 꾸며 혼자만의 세계에 빠져 있고, 나는 한 공간에 있지만 그의 공상 속 청중에 지나지 않았다. 그러니 외로울 수밖에.

외로움을 느끼면서 나는 그의 이야기에 한동안 귀를 기울였다. 그러다 문득 이 외로움이 실은 그의 것이 아닌가 하는 생각이 들기 시작했다. 아무도 상대해 주지 않는 외로움을 애써 지우려고, 성공한 작품에 대한 이야기를 필사적으로 하고 있는 건 아닐까. 이혼을 하고 나서 그가 직면한 것은 이런 외로움이었을 것이다. 그런 생각에 다다르자 그가 안쓰럽게 느껴졌다. 외로움이 슬픔으로 바뀌었다.

"실은 아직 우울증이 남아 있지 않으신가요?"

이야기가 끝났을 때쯤 내가 이렇게 말하자 그가 입을 굳게 다물었다.

"우울함을 음악과 공상으로 회피하시려는 것 같습니다."

그가 괴로워하며 대답했다.

"……새벽이 되면 괴로워요. 이대로 계속 혼자면 어쩌나 하고요."

그날 나는 상처 받고 약해진 그와 함께 시간을 보낼 수 있었다. 그날 이후로 그는 조금씩 변하기 시작했다. 성공담은 계속됐지만, 결국에는 늘 사람들이 떠나가 버리는 자신을 이따금 돌아볼 수 있게 됐다. 그런 날엔 이어폰을 꽂지 않고 상담실을 나섰다.

돌아보면 마음이 있다

마음은 어디에 있는 것일까. 마음은 뇌에도 심장에도 없다. 현미경으로 들여다봐도 없고 엑스레이를 찍어도 마음은 찍히지 않는다. 마음을 볼 수 있는 건 오직 마음뿐이다. 마음은 또 하나의 마음속에서만 존재할 수 있다.

이상하게 들릴지도 모른다. 하지만 기억을 더듬어 보자. 우리의 마음을 처음 발견해 준 건 타인이지 않은가. 우리가 자기 마음을 알아차리기도 전에 주위의 어른들이 "배가 고프구나." "기분이 좋구나." 하고 먼저 알아봐 줬다. 우리의 마음은 누군가의 마음속에서 발생한다. 그런 경험이 쌓여야 비로소 자신을 돌아볼 수 있게 된다. 자신의 마음으로 마음속 고통이나 기쁨을 깨달을 수 있게 되는 것이다.

그런데 그가 이어폰으로 마음을 닫았듯 우리는 자신의 마음을 지우려고도 한다. 그럴 때 갈 곳을 잃은 마음은 밖으로 새어 나온다. 그를 대신해 내가 외로워졌듯이, 우리는 고통을 견디기 힘들어지면 주위를 괴롭힌다. 괴로운 자신을 죽이지 않기 위한 처절한 몸부림이다.

이럴 땐 내 마음에 그의 마음을 잠시 맡아 두었다가 나중에 돌려준다. 일단 맡아 두는 것이 중요하다. 그럼 다음에는 스스로 자신의 마음을 돌아볼 수 있게 될 것이다. 마음에 마음을 놓아 둘 수 있게 될지 모른다. 이를 반복하는 게 대화의 본질이라 생각한다.

생활은 망각의 집적이다. 그게 좋다. 현대인들에게는 평소에 마음과 마주할 여유가 없다. 그래도 마음은 존재한다. 가끔이어도 좋다. 돌아보면 마음이 있다. 생각해 보니 그런 1년이었다. 글을 쓰면 독자 분들이 읽어 줬다. 거기에는 마음이 두 개 있었다. 나의 마음과 독자 여러분의 마음이. 하나의 마음이 존재하기 위해서는 반드시 마음 두 개가 필요하다.

다음 마음 들어오세요

*

딩동. 낡은 현관 초인종이 울려 나는 문을 열고 그녀를 맞았다. 그날은 가랑비가 내리고 있었다. 그녀는 오렌지색 우산에 묻은 빗방울을 꼼꼼히 털고 안으로 들어왔다.

"그럼 시작할까요?"

그녀가 회색 소파에 앉는 걸 보고 내가 말했다. 시작할 때 항상 하는 말이다.

"오늘이 마지막 날이네요. 무슨 이야기를 해야 하나?"

그녀가 확인하듯 말했다.

50대 초반인 그녀는 지난 3년 동안 매주 빠지지 않고 금요일 오후에 상담을 받으러 왔다. 그녀가 상담실을 찾은 것은 고등학생 딸의 등교 거부 문제 때문이었다. 그런데 결국 우리가 줄곧 이야기를 나눈 건 딸에게 아무런 자각 없이 상처를 주는 남편에 대해서였다. 그녀도 남편에게 상처를 받아 왔지만, 정작 자신은 그런 줄 모르고 살아온 그녀 자신의 이야기도 했다.

힘든 상담이었다. 그녀는 평생 이상적인 사람이라 생각했던 남편의 어두운 이면을 깨닫고 환멸을 느껴 갔다. 그때마다 힘든 고비가 많았다. 갈등과 충돌이 생겼고 매번 절망했다. 매주 그런 일에 대해 이야기를 나눴다.

그렇게 3년이 지났다. 딸은 고등학교에 진학했고 남편과는 이혼했다. 딸은 대학 진학을 위해, 남편은 새로운 생활을 시작하기 위해 집을 나갔다. 집에는 그녀만 덩그러니 남겨졌다. 그녀는 20년 만에 일을 다시 시작했다. 옛 동료와 우연히 만난 것이 계기가 돼 새로운 일을 시작해야겠다고 마음먹었다. 그즈음 상담을 마무리했다. 스테이지가 바뀐 것이다.

바뀌었나요?

"제가 바뀌었나요?"

그녀가 물었다. 처음 그녀를 만났을 때의 일을 떠올려 봤다. 그날도 비가 왔고 그녀는 현관 앞에 서서 비닐우산에 묻은 빗방울을 털고 있었다. 주뼛주뼛하면서 딸 이야기를 했고 지나칠 정도로 자책했다.

"바뀌시지 않았을까요?"

내가 대답했다.

"처음에는 모든 게 다 본인 탓이라고 생각하셨어요."

그녀가 엷은 미소를 지어 보였다.

"맞아요. 나쁜 사람은 한 사람 더 있었는데 말이죠."

지난 3년 동안의 일을 둘이서 짚어 봤다. 남편을 환멸하게 됐던 시간은 그에게 지배당해 잃었던 자신의 힘을 되찾아가는 시간이기도 했다. 그녀는 자신에게도 자신의 생각이 있었다는 것을 깨달았고, 남편에게 맞서도 된다는 것을 알았다. 결혼 전에는 백화점에서 예쁜 우산 고르는 걸 좋아했는데, 어느새 비닐우산을 사고 있는 자신을 발견했다. 그래서 어느 날 그녀는 오랜만에 백화점에서 고가의 우산을 샀다.

"오늘도 이 우산을 쓰고 왔어요."

그녀가 신기한 듯 웃었다.

"이게 저에겐 칼이 됐어요."

그렇다. 그녀는 이 오렌지색 칼로 남편과 싸워 딸을 지키고 재산 분할에서 이겼다.

그런데 갑자기 그녀의 표정이 굳었다.

"그런데 저는 정말로 바뀌었을까요?"

어려운 질문이었다. 그녀의 '정말로'라는 말을 듣는 순간 여러 가지가 혼란스러워졌다. 그녀는 이야기를 이어 갔다.

"결국 엄마처럼 살고 있어요."

그녀의 어머니는 이혼 후 혼자서 그녀를 키웠다. 강하지만 고독한 사람이었다. 그녀는 그런 어머니에게 감사하는 마음도 물론 있었지만, 어머니의 고독에 상처 받아 왔다. 그래서 그녀는 고독해지지 않으려 애쓰며 살았고, 그런 그녀의 마음이 남편의 지배를 허락했던 것이다.

그녀 안에는 원망하는 마음도 있었다. 그녀는 자신이 3년 동안 얻은 것은 결국 고독이었다고 하소연했다. 사실이 그랬다. 하지만 그녀의 원망스러운 마음에는 또 하나의 현실이 있었다. 그녀는 '지금, 여기'의 고통도 호소하고 있었다. 상담이 끝나 상담실에 오는 것이 마지막이라는 현실에서 오는 고독이 우리 앞에 놓여 있었다.

"상담이 끝나는 것도 힘드세요?"

내가 묻자 그녀가 고개를 끄덕였다.

"그래도 앞으로 나아가야 할 때인 것도 사실이에요."

그녀의 말에 이번에는 내가 고개를 끄덕였다. 사실이 그랬다.

"시간이 다 됐네요."

상담이 끝날 때 내가 항상 하는 말이다. 그녀는 지갑에서 지폐를 꺼내고 나는 영수증을 손에 쥐고 있다 서로 교환했다. 이때 그녀가 말했다.

"사실 저는 이혼하고 싶지 않았어요."

"네, 알고 있습니다."

그녀가 엷은 미소를 짓고 깊이 인사를 하고 상담실을 나갔다. 문이 열리자 아직 밖에는 비가 내리고 있었다. 오렌지색 우산이 현관 밖에서 활짝 펼쳐지는 것이 보였다. 석양 같다고 생각한 것도 잠시 문이 닫히자 내 눈에서 사라졌다.

끝은 일에 대한 보수

그녀를 배웅하고 사무실 안으로 들어와서는 담배를 한 대 피우기 위해 베란다로 나갔다. 전자 담배를 한 모금 빨고 연기를 내뿜었다. 비는 계속 내렸고 보이는 것은 항상 보는 상가 건물들뿐이었지만, 기분 탓인지 세상이 밝아 보였다.

끝은 좋은 것이다. 상담은 처음 내담자가 생각했던 것과는 다른 방향으로 흘러가곤 한다. 그대로 있어 주었으면 하는 것은 잃고, 상상도 하지 못했던 것을 손에 쥐게 되기도 한다. 그녀가 남편을 잃고 오렌지색 우산을 갖게 된 것처럼.

마음이 현실과 마주하고 이를 받아들이려 격투를 벌이다 보면 그렇게 된다. 다양한 한계와 타협하기 위해 오랜 바람을 묻고, 새로운 희망에 손을 뻗을 수밖에 없게 된다. 그 결과 삶이 뒤틀리는, 생각지도 못한 상황에 직면할 수도 있다. 그래도 거기에 그 사람의 진짜 인생이 있다. 긴 상담이 끝날 즈음, 마음에는 깊은 창조성이 있다는 사실을 항상 깨닫는다.

끝은 일에 대한 보수다. 이 일을 하길 잘했다고 생각되는 시간이다. 대단원은 아니다. 상담을 통해 가능했던 것도 있고 불가능했던 것도 분명 있다. 그래도 둘이서 이야기하면서 일단락을 지었다. 그것 자체에 조용한 만족감이 있다. 다양한 감정이 남아 있지만 그래도 이별을 충분히 아쉬워할 수 있었다. 행복한 일이라고 생각한다.

이런 시간이 좋다. 심리사들은 담배를 피우면서 이런 혼자만의 시간을 음미할 때가 종종 있다. 여러분도 있었을 것이다. 이별 없는 인생은 없다. 인생에는 좋지 않은 이별도 있고 좋은 이별도 있다. 그래서 여러분도 이 마음을 이해하지 않을까 싶다. 이 책도 곧 대장정의 끝이 난다. 앞으로 몇 줄만 더 쓰면 분명 그런 조용한 시간이 기다리고 있을 것이다.

비가 계속 내리고 있다. 담배를 다 피우고 나서, 커피를 한 모금 마시면서 스마트폰을 확인했다. 문자 메시지가 하나 와 있다. 답장을 하려는 순간 초인종이 울린다. 딩동. 문을 열면 내 마음은 다시 리셋이 된다. 이 작은 상담실에 다음 마음을 맞이하기 위해서.

이 책은 자기 꼬리를 먹는 뱀을 많이 닮았다. 무대 뒤를 그린 프롤로그로 막을 올린 서커스는 봄, 여름, 가을, 겨울을 한 바퀴 돌아 다시 봄을 맞으며 막을 내리게 됐다. 이제 나는 다시 무대 뒤의 프롤로그로 돌아간다. 시작과 끝이 맞물려 있어 빙글빙글 돌게 돼 있는 것이다.

잠 못 드는 밤에 읽기에 나쁘지 않을 것이다. 내용이야 어찌 됐든 적어도 잠이 오기도 전에 책이 끝날 걱정은 하지 않아도 된다. 그런 의미에서 이 에필로그는 꼬리를 문 뱀의 몸에 발이 돋는 것만큼이나 어리석게 느껴져 꺼려지는 것도 사실이지만, 두 가지만큼은 짧게 밝혀 두고 싶다.

하나는 이 책에 나오는 내담자들의 에피소드에 대해서이다. 심리사란 비밀을 다루는 직업이다. 극히 개인적이고 아무도 모르는 생각에 마음이 머물기 때문에 전문가로서 실제 사례를 그대로 쓸 수는 없었다. 그래서 스토리를 '창작'했다. 아니, 창작이라기보다는 꿈에 가깝다. 본문에서 꿈은 마음의 감각질만을 운반하는 이동수단이라고 썼다. 그래서 지금까지 만나 온 내담자들의 마음의 감각질—절망과 고독, 불안과 증오, 용기와 안심, 지혜와 사랑—만을 남기고 구체적인 팩트는 모두 틀을 다시 짜고 조합을 바꿔 다시 주조해 그들의 이야기가 탄생했다.

그중 하나의 에피소드만 세부적이고 구체적인 사실에 마음이 머물고 있다는 생각에 사실 그대로 썼다. 바쁘신 중에도 원고를 읽어 주시고 누군가에게 도움이 되길 바라는 마음에서 글을 허락해 주신 내담자 분께 진심으로 감사의 마음을 전한다.

또 한 가지는 이 책에 담긴 이야기들이 독자 여러분 자신의 이야기를 불러일으키는 계기가 되길 진심으로 바란다는 것이다.

누군가의 어떤 아주 사소한 이야기는 전혀 다른 처지에 있는 다른 누군가의 지극히 사소한 이야기를 환기시킨다. 이야기에는 다른 이야기의 잠을 깨우는 깊은 힘이 있다. 그것이야말로 일찍이 임상심리학이 원리로 삼았던 힘이었고, 나를 이 학문으로 이끈 힘이었다. 이야기를 촉발하는 이야기. 이 학문에, 그리고 우리 사회에 그런 것을 낳는 힘이 아직 살아

있음을 믿고 이 책을 썼다.

마지막으로 이 책이 나오기까지 많은 도움을 주신 분들께 감사의 마음을 전하고자 한다. 주간지 연재는 처음 생각했던 것보다 훨씬 힘들었고, 때론 재앙처럼도 느껴졌지만 기타자와 헤이스케의 유머와 시정詩情 넘치는 삽화에 여러 번 힘을 얻었다.

〈주간 문춘〉 편집부의 구와나 히토미와 하타노 분페이에게는 연재할 때뿐 아니라 단행본으로 출판할 때도 큰 도움을 받았다.

단행본 작업을 할 때는 퀵 오바케가 이 책의 세계를 잘 표현한 멋진 표지를 그려 주었다.

정신과 의사 구마쿠라 요스케, 심리사 야마자키 다카아키, 호이카와 사토시와, 같은 동년배의 마음 전문가들은 연재의 초고 단계부터 많은 조언과 아이디어를 아끼지 않았다.

이렇게 많은 분들의 도움을 받아 이 책이 세상에 나오게 됐다.

2021년 6월
언제나처럼 르누아르 금연석에서
도하타 가이토

마음은 어디로 사라진 걸까

1판 1쇄 인쇄	2022년 5월 9일
1판 1쇄 발행	2022년 5월 16일
지은이	도하타 가이토
옮긴이	윤지나
발행인	황민호
본부장	박정훈
책임편집	한지은
기획편집	김순란 강경양 김사라
마케팅	조안나 이유진 이나경
국제판권	이주은 정유정
제작	심상운
발행처	대원씨아이㈜
주소	서울특별시 용산구 한강대로15길 9-12
전화	(02)2071-2095
팩스	(02)749-2105
등록	제3-563호
등록일자	1992년 5월 11일
ISBN	979-11-6894-963-8 03830

○ 이 책은 대원씨아이㈜와 저작권자의 계약에 의해 출판된 것이므로 무단 전재 및 유포, 공유, 복제를 금합니다.

○ 이 책 내용의 전부 또는 일부를 이용하려면 반드시 저작권자와 대원씨아이㈜ 의 서면 동의를 받아야 합니다.

○ 잘못 만들어진 책은 판매처에서 교환해드립니다.